KB060146

꽃같이 별같이

박형호
시와 수필, 서화

청어

樹
皆
秋
色

山
惟
落
暉

晩
松

수산

꽃같이 별같이

박형호

시와 수필, 서화

揚千

歲

辛卯・秋月

藏吕熙玉

文星居士

教績　半百　丰　竟木

松心窩性偽如水

壬寅 立秋 晩松

송심학성

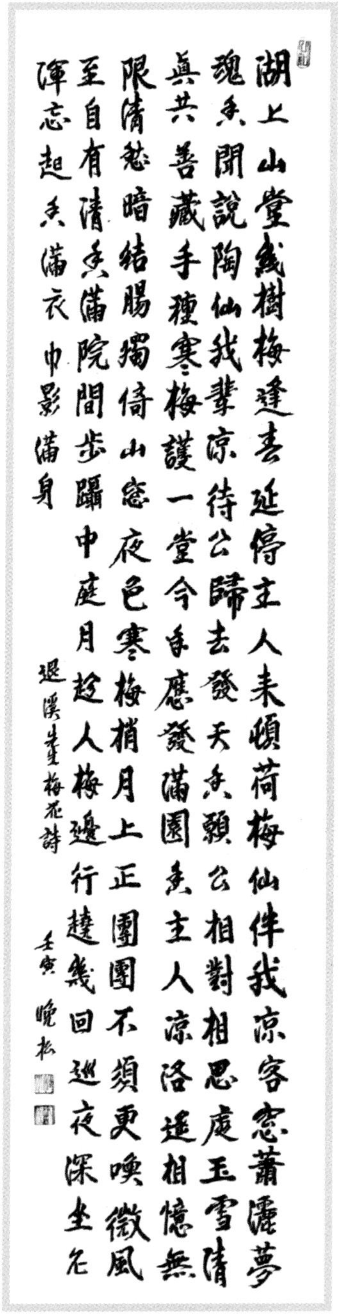

퇴계 선생 매화시

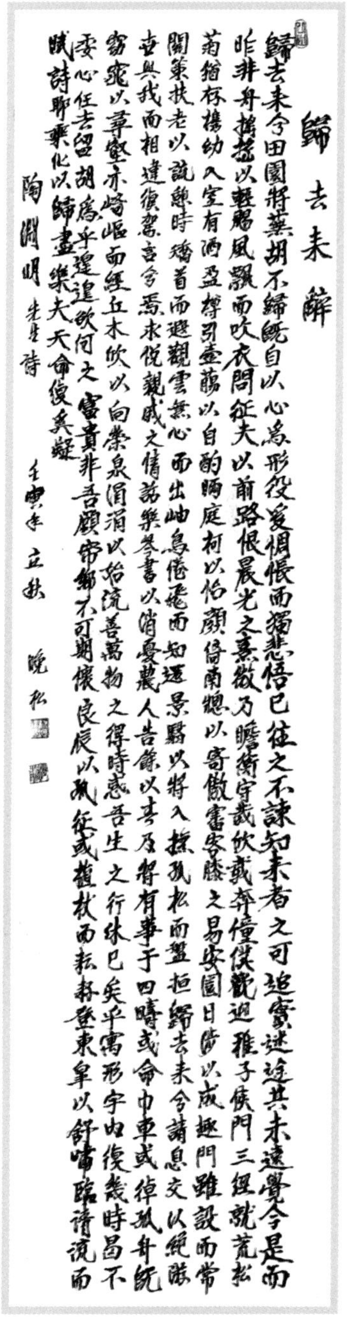

귀거래사

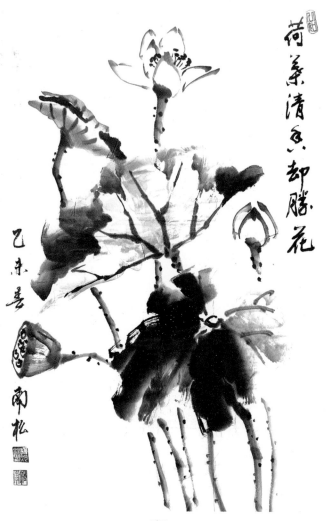

荷葉清光
却勝花

乙未暑

南松

연꽃

서문

────

피아니스트가 건반을 두드리듯 경건히 컴퓨터 자판을 두들긴다. 문명의 철학이 각인된다.

사람을 성장시키는 것은 감성에서부터 비롯된다. 인간은 생각하는 존재이고 느끼는 존재이다. 그래서 감성은 예술이 되고 창조가 되고 문화가 된다.

붓을 들고 글을 쓰므로 나는 존재한다. 글씨와 그림은 그 자체로 진솔한 그리움의 표현이며 삶의 의미와 보람을 찾는 예술이기도 하다.

첫 시집『바람아 물결아 떠도는 구름아』를 필두로 수필『땀이 혈통을 만든다』와 시와 수필을 한 데 묶은『조국에 바치는 노래』에 이어 시집을 다섯 번째 수필을 세 번째로『꽃같이 별같이』라는 제목하에 시(詩), 수필(隨筆), 그리고 서예(書藝)를 한 데 엮어 본다.

음악이 사상, 감정을 표현하는 시간적 예술이듯 글과 그림은 사상, 감성을 담아내는 공간적 예술이다.

아직도 미숙하기만 한 것을 부끄러운 줄 모르고 세상에 내놓는다. 강남대 전 교수이신 간복균 문우의 격려사에 감사하고 평론은 독자의 몫으로 비운다. 한국문협 이사이시며 소설가협회 부이사장이신 이영철 문우의 폭넓은 출판, 보급을 감사하고 기대해 마지않는다.

삼각산 화계골 오탁정에서
저자 만송

여든 살의 격려

간복균
전 강남대 국문과 교수, 현 루터대학교 석좌교수
문학평론가, 수필가

임인년이 저물어가는 만추의 계절에 만산홍엽의 찬란함보다 더욱 반가운 만송 박형호 형의 작품 발간 소식을 들어 주체할 수 없는 기쁨과 환희에 졸필을 들었다.

만송 박형과 동문으로 문우로 젊어서부터 사귄 정이 남다르고 깊어서 서로 작품을 주고받은 지가 엊그제 같은데 아니! 벌써! 여든 살이 넘었다. 어쩌다 여든!

나도 다른 친구들도 건강만 챙기기에도 힘겨운데 여든이 넘어 작품집을 내다니 고맙고도 부럽다. 그리고 박형의 시며 수필이며 서화며 심금을 털어놓고 쓴 진솔한 연설문들이 회상되고 흘러간 노래처럼 떠오르고 되새겨진다.

만송 형은 문재(文才)를 타고난 사람이다. 시면 시, 수필이면 수필, 칼럼이면 칼럼, 모두가 주옥같은 작품들이다.

우선 그의 시는 인간의 심연에 흐르는 핏빛 같은 진한 내면의 세계와 영혼을 노래한다. 목숨을 쏟아놓고 인간의 삶과 정신적인 혼을 구가한다. 인간 삶의 의식에 대한 관찰과 탐구가 시의 한 구절 한 구절을 처절하리만치 노래하고 구가한다. 영혼과 삶의 천착을 심도 있는 생명으로 노래한다.

만송의 수필에서는 생활인의 철학이 투영되어 있다. 인간은 무엇이며, 어떻게 살아야 하며, 어떤 일상에 살아야 하는지를 창조와 섭리를 추구하고, 인간관, 우주관, 가치관을 천착하며 인간의 구도의 길을 성자처럼 성찰하고 있다.

또한 만송 형은 다른 문인이나 문우들보다도 내가 정말 존경하고 사랑하는 바는 나라를 사랑하는 열정에서 기인한 박식하고 학구적인 국가관, 민족관이다. 『조국에 바치는 노래』 작품 하나만으로 답이 된다.

식민지를 겪은 민족, 오천 년 역사에 주변 강대국의 간섭과 탄압을 수없이 받은 민족인데, 우리는 국가관이 아쉽다. 앞날을 짊어지고 나라를 지키고 영위해 나갈 젊은이들에게 왜곡되거나 소홀한 역사교육은 국가와 민족 장래가 우려스러운 게 현실이다. 지금의 현실도 우리는 강대국들의 파워게임에 국토와 민족이 양분되고 고착화되어 가는 게 현실이다. 현재를 영위하기도 힘들다.

만송 형의 작품 「황소」, 「워낭소리」나 「천년문화꽃」 등의 작품을 읽다 보면 민족적이고 한국적인 정서가 물씬 풍긴다. '소의 해다. 신선한 하얀 황소. 올해는 순백의 설원같이 맑고 깨끗한 상서로움으로 가득한 한 해가 되었으면 하는 바램이다.' 한 해를 상서로운 기도로 시작하는 작가의 한구석 염원에서 민족의 정서는 대변된다.

그리고 『꽃같이 별같이』에서는 태어난 지역과 환경이 한국적이다. 자라온 과정과 사연들은 우리 모두의 좌표이며 희망이다. 만송 형의 『꽃같이 별같이』를 농민문학 겨울호에서 보고 그가 말한 '인격은 학문과 고뇌로 연마되고 정제되면서 비로소 고양되어지고, 고매한 인격은 유혹을 이겨내는 척도가 된다.'라는 구절을 감동으로 읽고 전화를 들어 격려하며 칭송해 마지않은 바 있다.

나는 만송 형의 작품을 읽으면 '육당 최남선' 선구자가 생각난다. 그는 조국 강산을 사랑하며 쓴 「백두산 근참기」에서는 민족의 정기와 정신, 한민족의 뿌리와 영혼을 민족의 긍지와 애국심(조선심)을 피력했고 「금강예찬」에서는 조국의 아름다움과 국토를 찬양하고 금수강산의 조국을 피력했다. 「심춘순례」에서는 지리산을 구심점으로 한민족의 관습, 풍습, 민속, 정서적인 민족론을 일깨워 식민지 하에서 국가와 민족을 지키려 했다. 만송 형도 그랬을 것이다.

앞으로도 건강 지키시며 혼불처럼 타오르는 이런 글 '조국에 바치는 노래' 많이 쓰시기를 기원한다.

松柏耐雪霜
明智洗危難
晩松

송백내상설

차례

4부

5부

夏雲多奇峰
晩松

하운다기봉

日暖風和居仲春桃花

晓松

1부

일원풍화

우리 동네 꽃동네

한송이
꽃송이로 피어나는
우리 동네 꽃동네
푸른 꿈으로 부풀은 별밭이다
동으로 넘쳐나는 수유리 정릉천
서북으로 연신내가 흐르고
그 가운데를 청계천 맑은 물이 흘러내린다
삼각산 맑은 정기가
푸른 날개를 치고 미래로 세계로 날아오른다
고구려 주몽의
아내 왕비 소서노는
두 아들 온조와 비류를 데리고
부아악에 올라 땅의 형세를 살피고
두 아들에게 새로운 왕국의 꿈을 심어 주었다
이태조는 무악대사를 만나
인왕산 북악 아래 경복궁을 짓고
한양성에 사대문을 세워 천년 기틀을 닦아 놓았다
확 터진 너른 벌판 위로
민족의 젖줄 한강이 흐른다

마을마다 꿈에 찬 나의 도시는

하늘을 찌를 듯 솟아난다

이천만민의 꿈의 보금자리 사랑의 꽃동산

해맑은 종소리는 새벽을 깨우고

인성은 싹트고 창조의 깃발은 나부낀다

이곳이 백두대간을 타고 내려온

칠천만 겨레의 심장 찬연한 민족의 보금자리려니

겨레여 이 땅의 자랑스런 동포 형제여

조국을 사랑하고 민족을 아끼는 뜨거운 심장으로 통일을 맞으러 가자

暖日亂花氣
和風散鳥聲

산수화기

황국

문인화 속에는

진실한 믿음과 신뢰는 역경이 있을 때 보이는 것인가. 삶에 대한 절망 없이 삶에 대한 애착은 없는 것이다. 아무도 오가는 이 없이 절 망만 휘몰아치는 위리안치(圍離安置) 속에서 생애를 걸고 혼불을 태운 이가 있다. 그의 문인화를 본 중국의 문사들이 엎드려 삶의 표본으 로 삼고 일본의 식자들이 우러르며 옷깃을 여미었다.

동묘에는 전국각처에서 모여든 쓸 만한 명품들이 거래된다. 이곳 에서 고서화, 골동품을 감정, 평가하며 가게를 지키고 있는 문우가 있다. 고서화 한 점 구할 겸 친구를 찾아 나섰다. 어려운 걸음 했다 고 잔뜩 반긴다. 차 한 잔에 가득 담소를 나누고 그가 수집해 놓은 고서화를 감상해 본다.

수많은 고서화(古書畵) 속에서 추사 김정희 선생의 세한도(歲寒圖)가 불쑥 튀어나온다. 아! 완당의 세한도가 아닌가. 오랜 유랑 끝에 국립 중앙박물관에 소장하게 된 세한도가 여기에 있다니, 무가지보로 불 리 울 정도로 뛰어난 세한도는 조선의 대표적인 문인화(文人畵)다. 문 기(文氣)와 사의(寫意)가 충만하여 시서화가 하나 된 진수를 보여준다. 우측에 화제(畵題)와 관지(款識)가 좌측에 발문(跋文)이 적혀있다.

권세와 이익만을 따르는 세대를 비판하고 그에 초연한 마음과 인 품을 칭찬하는 논어를 인용한다. '세한연후지송백지후조야(歲寒然後 知松栢之後凋也)' 날씨가 추워진 뒤에야 소나무와 잣나무가 푸르다는 것을 알 수 있다는, 세한도라는 말도 여기서 나온 것이다. 곧은 지조와 절개, 변함없는 한결같은 마음을 은유한다. 아무나 흉내도 낼 수 없는 소슬한 정취가 감도는 듯 그의 회화적 지향이 마음을 사로잡는다.

친구는 내가 마음에 들어 하는 것을 보고 선뜻 내게 선사하겠다 한다. 시서화(詩書畵) 한다고 지필묵(紙筆墨)과 세월만 허비해온 것이 몇몇 해이든가. 홀로 얼굴을 들지 못하고 가슴만을 태워 오던 터에 화기가 넘쳐나는 알뜰한 정의로 북돋아 주는 그의 손이 따습고 감격스러워 이를 마음으로 받아들고 다시 자세를 가다듬어 조묵과 운필의 방식을 터득하리라 다짐한다.

수다한 선비가 배출된 조선조에 서화에 능통한 이가 어찌 한두 분이겠는가 마는 특히 난을 잘 그리는 것으로 손꼽은 이는 석파 이하응이다. 그가 대원군이 되기 전에 추사와는 나이 차가 있으나 친분이 두터웠다. 그는 운현궁 노안당에 기거하며 추사의 난초 모형을 방에 걸어놓고 추사의 불기심난(不欺心蘭)의 정신으로 틈틈이 난을 익히며 먹을 갈아왔고 붓글씨에도 일가를 이루었다.

난초 칠 때에는 마음을 속이지 않은 것에서 시작해야 한다. 잎 하나 꽃술 하나라도 안으로 마음을 살피고 한 점 부끄럼 없는 후에 남에게 보여야 한다는 것이 추사의 철학이다. 모든 사람이 쳐다보고 모든 사람이 지적하니 두렵지 아니한가. 마음을 속여서는 아니 된다는 불기심난을 타 이른 것이다. 글을 쓰고 그림을 그리는 우리 문인들에게는 두고두고 새겨들어야 할 천금 같은 가르침이 아닌가.

나는 오래전 어렵게 구한 고산일편(高山一片)이라는 난 한 점을 소

장하고 있다. 오랜 세월에 잘못 간수하여 종이가 삭고 발하여 휘한
한 필체가 지워진 곳이 많으나 난초만은 변함없이 고고하고 유연한
자태를 뽐낸다. 낙관도 뚜렷이 응자 같으나 이 난화가 석파의 작품
인지는 추측만 갈 뿐 알 수가 없다. 족자를 해놓고 마루에 걸어 놓았
더니 신선하고 찬 이슬 맑은 향기가 온 집안 가득 풍기는 것만 같다.
혼자 애지중지 마음의 등불로 삼고 있다.

추사는 실사구시(實事求是)를 구현코자 정진하는 학문을 펼쳤다. 하
지만 불우하게도 유배되었으나 그 세월을 무료히 보내지 않고 창조
적 상상력을 발휘하여 신필(愼筆) 추사체를 완성한다. 철학과 문학의
경계를 넘나드는 가치와 의미를 형상화한 글과 그림 속에는 인생이
있고, 예술이 있고, 높고 깊은 학문의 고뇌와 정신이 있다.

20세기 자유주의 사상을 대표하는 철학자 리처드 로티는 철학과
문학은 근본적으로 다르지 않으며 더 너른 세상을 만드는 데 둘이
보완재 역할을 할 수 있다고 한다.

우리는 늘 심오한 학문을 우러르고 그 가치를 추구코자 글을 쓰고
그림을 그리고 수련해 나간다. 이것은 자기 자신을 가꾸는 가치임과
동시에 함께 공감하고 연대하여, 더 곱고 아름다운 미래를 열어 나
아가는 길이기도 하다.

어느새 한 해가 저물어간다. 어찌 이 인생을 살아가면서 불의의
세월만을 한탄하랴. 눈과 서리를 겪을수록 더욱 푸르러지는 세한도
같이, 아니 저 고산 경사진 비탈길에서도 천 리 밖까지 향기를 내뿜
는 찬 이슬 머금고 맑은 향기 내뿜는 난화 같이 선현들의 슬기로움
을 본받아 나가야 할 것이 아니겠는가.

문인화 속에는 면면히 이어온 민족혼이 숨 쉬고 있다. 선현들의 뜨겁고 쓰라린 눈물 자국이 배어 있다. 우리는 언제나 넉넉한 마음과 형편을 세상에 열어 모두가 한데 얽혀서 빛나는 문화민족의 긍지를 이어 나가야 하는 것이다. 우리 것은 소중한 것이다.

꽃동산

꽃말이
피어납니다
꽃같이
별같이 반짝입니다
꽃같은
마음이
꽃같은
말을 하고
꽃같은
생각이
향기로운 꽃동산을 만듭니다

향곡가인

여유

몸 하나
중심 세워
마음 하나
가다듬어 가네
한숨만
돌려 가세나
길이 너무
벅차지 않은가
쉼도
일이 되고
침묵도
수양이 되네
여유
속에는
인생이 있고
삶의 보람이 있네

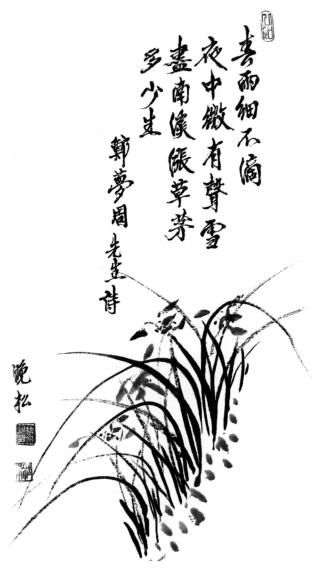

春雨細不滴
夜中微有聲
雪盡南溪漲
草芽多少生

鄭夢周 先生 詩

晚松

정몽주 선생 시

꽃같이 별같이

내가 태어난 마을은 시골 읍내 작은 마을이다. 우리 집은 골 모실로 올라가는 언덕에 자리하여 마루에 서면 북쪽 금성산 산정에 흰 구름이 피어나고 바로 산 아래 포전(圃田) 들이 펼쳐지고, 그 사이로 영산강 맑은 물이 유유히 흘러내렸다. 크고 긴 다리 끝에는 돛단배들이 드나드는 등대와 포구(浦口)가 있고 언덕 위에는 돌로 지은 예배당과 오포가 있었다.

아버님은 적송당(赤松堂)이라는 조그만 한약방을 하셨고, 선비풍의 손들이 끊일 새 모여 사랑방을 이루고 있었다. 이따금 그 어른들 앞에 불려 들어가 가르쳐 주신 학어집과 인성의 지침을 외우게 하였다. 사람이 덕(德)을 함양(涵養)하고 품성(品性)을 기르기 위해서는 어려서부터 기본을 세워야 한다고 여긴 것이다.

읍내는 작아도 교통의 중심지로 온갖 물산이 여기에 모여 기차와 배로 운송됨으로 일본인들도 집단적으로 거주하고 있었다. 그래서인지 이따금 항일운동, 농민운동, 좌익운동이 이곳을 중심으로 전개되었던 곳이기도 하다.

초등학교 4학년 때 어머님이 돌아가시고 중학교에 진학하자 평화스러운 마을에도 전화가 미치기 시작했다. 요충지에 있는 다리를 폭파하기 위해 비행기가 우체통만한 폭탄을 마구 쏟아내어 하늘이 쪼개지고 땅은 갈라져 사람들은 치유될 수 없는 깊은 상처를 입고 말았다. 세상이 바뀌고 순진한 백성들은 정신을 잃고 좌우로 갈라져 방황하기 시작했고 증오와 갈등이 인간의 존귀함마저 앗아갔다.

폭격과 충격에 놀란 아버님은 피난 나가셨다 돌아오지 않으시고, 형은 갈팡질팡하다가 간부 후보생에 나가버리고, 누나와 나는 하루 아침에 고아 아닌 고아가 되어 학교도 중단하고 난생처음 갖은 고생을 하다가 한 가닥 희망을 안고 나 홀로 서울로 올라오게 되었다. 낯설고 물선 땅에 내 한 몸 의지하기 어려워 굶기를 밥 먹듯 하면서도 밥보다는 공부가 더 그리웠다. 중단된 학업을 이어 나가는 것만이 삶의 목표고 희망이라 대학 다니는 친구 자취방 틈에서 어렵게 공부하며 고등학교를 마칠 수 있었다.

군에 가야 했다. 다행히 육본에 차출되어 교육받고 자대에 남아 복무하게 되고, 4·19가 나고, 5·16 쿠데타가 나고, 쇄신(刷新)의 물결 속에 천우신조로 꿈에 그리던 대학에 진학할 기회를 얻을 수 있었다. 참으로 군 생활이 최고의 직장생활이요 학창 생활이 될 줄은 꿈에도 몰랐다. 하늘은 스스로 돕는 자를 돕는다고 한다.

제대하고 대학 3학년 여름 방학이 되어서야 고향에 내려갈 수 있었다. 고향도 많이 안정되고 발전하고 있었다. 실로 뜻하지 않게 고장의 유지께서 방학 동안 그분의 자제 고3과 같이 불회사(佛繪寺)라는 절로 가서 공부하고 돌아오라는 자애를 베풀어 주었다. 참으로 마음껏 공부할 기회를 처음으로 가질 수 있었다.

산중 깊숙한 사찰(寺刹)엔 고시 공부하는 학생이 꽤 있었다. 청옥같이 푸른 쪽빛 비자나무 숲이 창포물에 머리를 감은 듯 감미로운 향기를 내뿜는 산사(山寺)는 참으로 정갈한 수도 도량이었다. 비로소 곰처럼 허덕이던 상처 난 발바닥을 핥으며 꿈의 숲에서 하늘에 반짝이는 별을 바라볼 수 있었다.

어느 날 주지 스님을 찾아온 도사 한 분이 모두를 불러 앞날을 점지하여주는 것이었다. 먼저 산감(山監)의 과거사를 맞추고 앞길을 말하니 산감이 퍽퍽 운다. 고시 1차를 합격하고 2차 발표를 기대하는 법대생에게 법관은 아니다 하여 무안케 하더니 네 차례에는 관폐위직(官牌爲職)이라 말하니 웃지도 못하고 울지도 못해 어리벙벙하고 말았다.

졸업반이 되어 정부에서 시행한 시험에 응시한 것이 어찌 운 좋게 합격이 되었다. 하늘은 사람다운 사람을 만들어 요긴히 쓰기 위해 혹독한 시련을 주는지도 모른다. 그래서 '니체'는 '너의 운명을 사랑하라' 하였을까? 순간의 고통을 이겨내고 '네 운명을 사랑하라' 하고 의지를 일깨워 가치 전도의 의미를 새겨주었으니 말이다.

나는 시골에서 태어나 자란 것을 자랑으로 여긴다. 어렵게나마 서울에서 공부하고 성장할 수 있었던 천우신조도 검소한 어머님의 지극하신 사랑과 보살핌으로 유년 시절을 바르고 근면하게 길러준 덕분으로 알고 늘 감사한다. 크게 성장하지는 못하였으나 자수성가하며 직장생활을 감내하고 소신껏 사직한 것을 자랑으로 여긴다.

인성은 인간에게 주어진 존엄한 가치요 보람된 인도의 길이다. 인격은 학문과 고뇌로 연마되고 정제되면서 비로소 고양되어 진다. 고매한 인격은 유혹을 이겨내는 척도가 되고 더 나은 이상의 세계로 발전해 나갈 것이다. '톨스토이'는 이상과 덕성은 항상 일치한다고 하면서 참된 덕성은 서서히 이루어진다 하지 않았는가. 영미의 시골 작은 마을이나 프랑스의 예쁜 마을처럼, 선진국의 품격은 시골에 있다. 시골 마을의 전통적 문화와 정서가 빛날 때 국토는 꽃처럼 아름다워지고 국운은 날로 융성해질 것이다.

한류 그 끝없는 푸른 문화

　우리는 오늘 놀랍고도 빛나는 순간을 연이어 맞이한다. 영화가의 최고봉인 칸과 아카데미에서 국제상과 각본상, 작품상, 감독상을 받은 것이 엊그제인데 방탄 소년단이 밴플리트상을 받고 4년 연속 빌보드 뮤직 어워드 톱 소셜 아티스트 상을 수상하고 빌보드 뮤직 어워드 2관왕을 넘보며 세계적 선풍을 일으키고 있으니 말이다. 우리 문화예술이 영화, 음악 할 것 없이 아시아를 넘어 유럽, 미주, 아프리카에서조차 귀여움과 사랑을 받으며 그 우수한 자질과 가치를 회자하고 있다.

　일찍이 김구 선생은 말했다. "나는 우리나라가 강대국이 아니라 세계에서 가장 아름다운 나라가 되었으면 한다. 오직 가지고 싶은 것은 높은 문화의 창달이다." 그리고 모든 것은 내 자신이 하기에 달려있다고 하고 나를 다스려야 뜻을 이룬다 했다. 결국 모든 것은 나로부터 시작되는 것이라고 한 그의 가르침을 깊이 새겨서인지 그 일깨우심과 같이 드디어 우리 문화가 세계의 중심부에 우뚝 서게 된 것이다.

　어느새 인지 모르게 K-POP이 한류를 일으켜 세계를 열광케 하고 방탄소년단이 한국어 가사로 세계를 석권한 데 이어 영화 '기생충'이 영화의 본류 할리우드에서 최고의 가치 평가로 세계를 발칵 뒤집어 놓지 않았던가.

참으로 바르고 예쁜 짓을 하는 사랑스러운 아이돌이다. 젊은 세대는 이렇게 희망을 갖고 멀리 내다보고 꿈을 키워야 하는 것이다. 지금 한류 열풍이 어느 한 부분에서만 일어나는 일은 아니다. 미술과 패션이 이어지고 음악과 영화가 앞뒤를 다투고 서로가 받쳐주며 승화되고 진솔 진미한 문화의 힘이 발산되고 있는 것이다.

'기생충'은 지난해 프랑스 칸 영화제에서 황금종려상을 받음으로써 작품성을 인정받았다. 그러나 이번 아카데미에서 각본상, 작품상과 국제영화상, 감독상을 받음으로써 실로 한국영화사뿐만 아니라 세계 영화 예술세계에서 작품의 최고봉으로 인정받는 역사적 대사변이 아닐 수 없는 것이다.

문화의 꽃은 예술이며 예술의 꽃은 문화라고 한다. 물론 음악 영화, 연극도 문학에서 태동한 것이다. 우리 민족은 어느 민족보다 우수한 감성과 자질을 가졌다. 우수한 민족성과 치열한 예혼의 정신이 가져온 결과이리라. 조국이 통일이 되고 남북이 함께 힘을 합할 수 있다면 이보다 우수한 작품 역량이 발휘될 수 있을 것이라 여기며 남북이 상호 교류 협력하는 그런 날이 하루속히 왔으면 하는 생각을 가져본다.

한 편의 영화, 한 소절의 음악도 시처럼 문학처럼 기승전결을 하며 멋진 가사와 노래, 대사로 쓰이고 각본을 형상화해 가며 모두를 감동케 하는구나! 이같이 예술은 사람의 마음속 깊이 불을 붙여 사상과 문화가 다른 세계도 훨훨 타오르게 만들어 버리는구나!

완전한 형태로의 영감은 없다고 한다. 그리고 완전무결한 작품도 만들기 어려운 것이다. 우리 저변에 깔려 있는 보고 들은 모든 불완전한 것들을 고뇌하며 자기만의 이야기를 더해 노력하는 속에서 완전한 것을 붙들 수 있는 것이며 그것을 어떻게 하느냐 하는 것은 작가의 노하우고 우리의 역량이 되는 것이 아닐까 생각한다.

우리 사회가 안고 있는 여러 가지 부조리 속에 야기되는 가파른 계단을 현실적으로 딛고 일어서 참으로 뮤지컬하고 감동적인 작품을 만들어 크게 성공하고 대중적인 아니 세계적인 지지를 얻었다 할 것이다.

현대는 젊은이들의 것이다. 더욱 분발하여 인류에게 꿈을 주고 사랑을 안기며 보람차고 재미있고, 럭셔리하게 정진해 나가기를 바란다. 국가 사회는 이들이 활개를 치며 나아가도록 여건을 만들고 지원을 아끼지 말아야 할 것이다. 음악, 영화, 문화, 예술뿐만 아니라 여러 방면에 걸쳐 제2, 제3의 방탄소년단과 기생충 같은 작품들이 나와 우리나라가 세계에서 가장 존경받고 사랑받는 문화 융성국으로 발돋움하였으면 하는 마음 간절하다.

梅花寒苦發清香
己丑書 南松

매화한고발정향

매화

오매
뜨락에
매화꽃 피네
송이
송이마다
그리움 아롱지네
눈바람
몰아친들
꽃송이 앗을쏜가
천년을
끼쳐 남을
맑고 고운 향기
꿈과 사랑을 물들이네
오매
온 누리에
꽃바람 봄바람 불겠네

진실에 목마른 단상

여러 해 전에 고승에게서 들은 이야기다. 먼 옛날 진실과 거짓이 함께 길을 가다 냇물에서 멱을 감았다. 씻은 둥 마는 둥 한 거짓은 먼저 물에서 나와 깨끗한 진실의 남의 옷을 입고 떠나버렸다. 목욕을 마치고 나온 진실은 거짓의 더러운 옷을 입기 싫어 발가벗고 있어야 했다. 그때부터 거짓은 자신이 진실이라고 떠돌고 다녔고 진실은 숨어 있을 수밖에 없었다. 이것은 고사에 나온 이야기인데 근세에는 프랑스 시인 '라 퐁텐'이 동물들에 빗대어 인간사를 풍자하거나 비유하고 간단한 금언들을 추가한 우화집에 있는 한 이야기와 같아 생각할수록 기막힌 주객전도의 비유라 할 것이다.

요즘 우리 사회에서 벌어지고 있는 진실게임들이 딱 그 모양새다. 진실 같아 한 꺼풀 벗겨보면 거짓의 더러운 때가 각질처럼 일어서고, 진실이라 우겨 한 겹 벗기면 추잡한 악취가 진동한다. 은폐, 음해, 회유와 협박이 빈번히 조직의 상층에서 일어나고 그것이 정의처럼 인식되고 용해되어 버린다. 이런 풍조가 어디에서부터 비롯되었는지 왜 그런 풍조가 사라지지 않고 꼬리를 물고 되풀이되는지 참으로 안타깝기 짝이 없다.

지록위마(指鹿爲馬)라고 '교수신문'이 한 해의 사자성어를 그렇게 정한 바 있다. 사슴을 가리켜 말이라 한 뜻의 지록위마는 『사기(史記)』에 나오는 사자성어로, 윗사람을 농락하며 권세를 제 마음대로 휘둘러

댄 것으로, 환관 조고가 어린 호해황제에게 '사슴'을 바치며 좋은 말 한 마리를 바칩다고 한 데서 유래되었다. 그때 '말(馬)'이라고 바른말 하는 신하는 죄를 씌워 다 죽이고 권세를 누렸다. 오늘의 시대상을 일러준 말이 되어버렸다. 온갖 거짓이 진실인 양 우리 사회를 강박 하고 있기 때문이다. 위정자들은 하나같이 자유, 평등, 정의를 부르 짖으면서도 다수가 아니라 소수의 이익을 위해 작당했고 나라와 국 민의 이름을 내 세웠다.

　자이니치(在日)라는 재일교포들이 있다. 그들은 조국은 식민에서 해방되었으나 차별에서 해방되지 못하고 재외국인 권리마저 인정마 저 받지 못한 채 어렵게 생활하고 있다. 이런 어려운 환경에서 서글 픈 운명에 맞서온 재일교포 출신 전길남이라는 사람은 낙후된 우리 문화를 일으키는 길은 정보와 기술의 선진화에 있다고 보고 푸른 꿈 을 찾아 미국 유시엘에이 대학에 진학하여 누구도 걷지 않은 제3의 길, 나사의 연구실에서 연구원으로 일하며 실리콘 수준의 벤처를 통 한 새로운 가치를 창출코자 연구에 몰두했다. 박사학위를 받고 고국 에 돌아와 키스트에 연구실을 만들고 미국의 실리콘밸리의 기술 컴 퓨터네트워크를 통해서 데이터를 전송할 수 있는 파격적인 세상에 없는 새로운 것을 완상하기에 이른다. 우수한 두뇌들이 모아 서로 주고받고 소통과 성장을 계속하여 정보의 불모지 한국에서 첨단기 술인 네트워크를 드디어 미국에 이어 세계에서 2번째로 인터넷 연결 에 성공하였으며 1990년 초고속 인터넷을 조성 신규서브를 완성해 냈고 국내 아이티 산업을 이끌어낸 것이다.

　이보다 무엇이 국리민복을 위한 길인가. 진리의 이념 속에서 인간은 불멸자가 되는 것이다. 진리는 위에서부터 내려온 것이 아니라 내부의 존재영역에서 창출되는 것이다. 진실은 법 위에 있는 것이다. 위정자의 권력의 칼날이 언제나 거짓더미에서 진실을 도려낼 수 없다. 그 정의의 칼날이 엉뚱한 방향으로 휘둘러지고, 오히려 그 순기능이 아닌 역기능 회유와 눈가림의 수습으로 흘러 버릴 땐 선량한 문화의 가치는 훼손되고 실망과 좌절은 온 국가 사회를 어지럽히고 마는 것이다. 정보도 없고 희망도 없고 소통이 없이 사회 밑바닥에 허덕이는 진실에 목마른 자에게 자유롭고 평등한 가치를 심어 주고 공정하고 정의로운 사회를 구현하며 미래에 대한 거대한 변화의 흐름을 가져오는 이 같은 정신을 위정자는 본받아야 하는 것이다. 그 누가 말했던가, 진실은 언제나 아름다운 것이 아니라고. 아름다운 건 진실에 대한 목마름이라고.

2부

녹양수

잔디

나는
흙의 옷
땅의
보금자리
비가
오나
바람 부나
단발머리 곱게 빗고
오가는
길손
반가이 맞이한다
내
넋을
밟아다오
뒹굴며 굴러다오
나는
황토 붉은 흙
고이고이 간직하며
풋풋한 사랑의 보금자리 펼치리라

석지체정

황토길

가도 와도
황토길
꼬불꼬불 꼬부랑길
지나는 길목마다
또랑물 넘쳐나도
풀 나무 가지마다
꽃망울 터져나는
향기로운 꽃동네였네
흙짚
엮어진
초가였어도
시끄러운
차 소리 없고
그냥 버린 쓰레기 하나 없었네
마음이 멀면
사는 곳도 멀어지는가
사람들은 콘크리트 아파트에 눈멀었네
어릴 적
거닐었던

오솔길 간 곳 없고

박 넝쿨

주렁주렁

뻗어가는 꽃마을 사라졌네

비 오면

질척거려

푹푹 빠졌어도

눈물만큼

진한 정 묻어나는 진흙길이었네

눈 감으면 보이네

집집마다 솔가지 타는 냄새

저녁 연기 모락모락 솟아나는 붉은 황토길이……

범종 소리

세월이 저만치 앞서 가버렸구나. 적지 않은 날들을 붙잡을 수도 없이 이렇게 놓쳐 버리고 말았다. 눈 오고 바람 부는데 세상 긴한 것이나 찾아보려는 듯, 새벽같이 길을 나선다. 저만큼 산사에서 울려 퍼지는 종소리, 그쳤다가 들리고 들렸다 그친다.

서설(瑞雪)이 퍼붓듯 내리는 산하를 지팡이 하나 들고 숲과 계곡이 있는 삼각산 화계사 언덕길을 오른다. 눈 밟는 소리가 어찌나 좋은지 천상을 걷는 것 같아 사뿐한 운치가 절로 난다.

저만치서 낯익은 대사 불쑥 나와 껄껄거리며 이놈아! 눈이 함지박으로 내리는데 산은 혼자 뭘 하러 오르느냐. "눈을 밟고 들 가운데를 가려거든 모름지기 어지럽게 가서는 아니 된다. 오늘의 내 행적은 뒤따라오는 사람에게 본보기가 될 것이니."라 이르신다. 서산대사(西山大師)의 선시(禪詩)로 백범(白凡) 김구 선생(金九 先生)이 애송시(愛誦詩)로 알려졌다.

지금은 등산로 길목마다 둘레길이 생겨나서 한결 걷기 편이하고 길을 헤매거나 잃어버릴 염려도 없어졌다. 완만한 경사 길을 얼마쯤 올랐을까 구름다리가 계곡을 건너 주고 이정표가 길을 안내한다. 조금 올라가면 화계사요 더 곧바로 가면 대동문이다.

북으로 향하면 깔멘 수도원을 지나 4·19 묘원, 그리고 인수봉과 백운대가 나오고 서로 가면 정릉 세검정으로 빠지는 길이 나온다.

실로 사통오달 사방으로 삼각산길이 뻗어있다. 잠깐 유서 깊은 명찰 (名刹)을 그냥 지나칠 수 있으랴.

화계사(華溪寺)는 삼각산(三角山) 동편 자락에 나지막이 자리하였으나 고찰(古刹)답게 산수가 수려하고 숲이 울창한가 하면 계곡이 절을 안고 흘러 한층 더 운치가 묻어난다. 실로 서울 근교에서 보기 드문 오래된 고찰일 뿐 아니라 유명한 고승(高僧)들이 계셨던 곳이다. 오늘날 선(禪) 사상의 중심 사찰로서 특히 경허, 만공, 고봉 대선사의 법맥을 이어 숭상행원 선사가 주석하면서 세계일화(世界一花)를 꿈꾸며 국내외 많은 수행자가 구름같이 모여드는 곳이다.

곳곳에 흥선대원군(興宣大院君)의 발자취가 남아있다. 고려(高麗) 광종 때 법인(法印) 탄문(坦文) 대사(大師)가 짓고 흥선대원군의 시주를 받아 오늘의 모습으로 중창(重創)하였기 때문이다.

화계사 만인(萬印)스님은 그의 야심을 알아차리고 안동김씨(安東金氏)의 세도정치에서 벗어나 왕권을 찾을 수 있는 묘책을 가르쳐 주었다. 충청도 덕산의 가야사(伽倻寺) 금탑 자리가 제왕이 나올 자리니 남연군 묘를 이장하라고, 대원군이 그의 은혜를 입고 아들 고종(高宗)이 태어나 국통을 잇게 되었다.

화계사 보화루(寶華樓)에 그의 친필 현판(懸板)이 있고 예서와 초서를 혼용한 석파(石波)의 명구(名句)들이 대웅전과 명부전에 새겨져 있다. 나랏일을 근심하고 걱정하는 우국충정(憂國衷情)에서 국태민안(國泰民安)을 기원하였으리라. 비록 규모는 작지만 그야말로 눈길 닿는 곳마다 고려 전통 불교 천년문화꽃 향기롭게 피어난다. 조 대비와 상궁

들의 출입이 잦아 사람들은 이곳을 궁(宮)절이라 불렀다.

담장 안팎에 4~500년 된 느티나무가 천년가람인 듯 고고한 모습을 자아내고 있다. 흥선대원군이 화계사 중창할 때 심은 것이라 전한다. 반갑다. 산천초목 풀하나 나무하나 싹트고 꽃 피움도 따스한 빛과 바람의 조화 이거늘, 산사를 중창하는 일이야 국운의 융성을 그리는 간절한 호국정신이 깃들지 않고서 어찌 이루어질 수 있었으랴, 더구나 이조 오백 년 숭유배불(崇儒排佛) 하여온 마당에.

이곳 범종(梵鍾)은 그야말로 보물 중의 보물이다. 맑고 고운 소리는 내소사의 고려 범종을 이어온 깨우침의 소리라 할 것이다. 조선 숙종 때 만든 것으로 국가 보물(寶物)로 지정되어 있다. 범종 속에는 일체유심조(一切唯心造)의 불가의 혼이 들어있다. 모든 것은 마음에 달려있다. 마음을 비워라, 응어리를 풀어버려라 한다. 청아한 울림은 집착을 벗어나 해탈(解脫)의 세계로 인도하는 상징적 의미뿐만 아니라 범생을 정화하는 붙들 수 없는 실체로 빛이 되고 향기가 되는 것이다.

범종은 고요한 타이름의 소리요 선경에든 따스한 어루만짐의 손길이다. 아집(我執)과 아상(我像)을 버리고 자아(自我)를 발견하라는, 그래서 청정(淸淨)한 종소리는 선(禪)의 소리이고 양심의 소리이고 번뇌(煩惱)를 풀어주는 자비의 소리라 할 것이다.

한마디로 불교사상(佛敎思想)은 자신을 비워야 무아론(無我論) 깨달음 견성성불(見性成佛)에 이르게 되는 것이다. 참선수행(參禪修行) 하는 것도 마음을 비우고 깨달음을 얻는 수행이다. 연꽃처럼 더러운 진흙에서 피어나도 자신은 물들지 않고 아름답고 향기로운 꽃을 피우는 것이다.

아! 무상의 자연 속에 진실재가 있는 것을! 산사 범종은 이 아침도 깨어나라 일어나라 마음에 평화를 가져라 하고 울리고 있다. 올해는 소의 해다. 견우(見牛)라는 말이 있다. 사물의 근원을 보기 시작하여 견성(見性)에 가까이 왔음을 뜻한다. 올해는 소가 더욱 순해져서 하얀 흰 소가 되었다. 하얀 황소를 비겨 타고 심우도(尋牛圖) 따라 잃어버린 마음의 본성(本性)을 찾아가라 한다.

워낭소리

　소의 해다. 신선한 하얀 황소, 올해는 순백의 설원같이 맑고 깨끗한 상서로움으로 가득한 한 해가 되었으면 하는 바람이다.

　중국 고사에 의하면 천지개벽 이래 몸은 사람이요 머리는 소인 사람이 태어났다. 나무를 깎아 쟁기를 만들고 밭을 갈아 농사짓는 법을 가르치고 빛을 받아 오곡이 풍성하게 하여 백성들은 그를 공경하여 신농(神農)씨라 불렀다. 그는 농업의 신(神)일 뿐 아니라 의약(醫藥)의 신이기도 했다. 약초를 개발하여 병(病)을 치료하고 농사와 의약을 천하에 베풀었다. 사람 같은 소, 소 같은 사람을 신화 한 것이 아닌가 싶다. 옛날에 중국과 우리나라에선 임금이 해마다 신농제를 지냈다.

　소는 하늘의 천성을 닮았다. 아니 하늘이 인간을 위하여 보내 주신 천사인지도 모른다. 논을 갈고 밭을 갈아 삶의 터전을 일궈준다. 힘겹고 무거운 짐을 도맡아 하면서도 아무런 불평을 하지 않는다. 농부들은 소를 키우며 살기를 바란다. 순진한 소는 헌신(獻身)적인 일꾼이 되어 주고 시혜(施惠)의 사랑이 되어 주기 때문이다. 어미 찾는 송아지 울음소리를 들어보아라. 혀가 닳도록 새끼 소를 핥아주는 어미 소의 모성애, 어찌 축생이라 무심할 수 있으리오. 아름답기만한 천상의 목가적 풍경어 촌락을 더 단아하고 아름답게 가꾸어 준다.

그렇다. 생명과 인격은 어디서 무엇으로 태어났느냐가 아니라 어떻게 행동하느냐가 중요한 가치판단의 기준이 될 터이다. 겉옷을 무엇을 걸쳤는가는 문제가 아니라 속을 무엇으로 채웠는가가 문제다. 별로 내세울 것도 없이 이해타산에 급급한 삶은 자랑거리가 될 수 없으리라. 인간이면 인간다운 행동을 해야 인간이 아니랴. 그윽한 워낭소리 속엔 평화로운 울림이 있다. 사랑스러운 농촌이 있다. 가난하고 부지런한 농부가 있다. 꿈과 사랑이 흐르는 젖줄 같은 인정이 있다.

　영국의사 에드워드 제너는 젖소의 젖을 짜다가 천연두에 걸린 적이 있는 사람은 천연두에 걸리지 않는다는 사실을 발견하고 종두법을 개발하였다. 그래서 백신(vaccine)은 암소를 일컫는 라틴어 'vacca'에서 유래되었다고 한다. 우리는 소의 젖가슴에서 나는 우유를 먹고 자랐고 초등학교 시절 우리는 유두를 맞고 천연두라는 무서운 전염병을 이겨냈었다.

　정신적, 문화적 삶 전반에서 고대 로마와 그리스의 고전 문화를 정신적 지주(精神的支柱)로 삼아 세계관(世界觀)과 가치관(價値觀)을 되살리려 했던 운동을 우리는 르네상스 운동이라 한다. 중세에서 근대로 넘어오며 인간과 사회 그리고 역사나 학문에 대한 변화가 크게 이루어졌다. 우리 인간은 무엇을 생의 본보기로 삼고자 하는지, 올바른 인간의 삶은 무엇인지, 잘 모르지만 우리 찬란하게 꽃피웠던 전통문화(傳統文化), 윤리가 있고 도덕이 있고 이성과 양심 있는 미풍양속(美風良俗)을 되살려 인간과 사회 그리고 역사와 문화에 대한 새로운 기풍이 일었으면 한다.

운명(運命)은 험난한 강과 같다고 한다. 언제 범람(氾濫)할 줄 모르기에, 그리고 인생은 체험을 통해 눈뜨기 시작한다고 한다. 코로나로 힘들고 고달파도 위험을 무릅쓰고 구료(救療)를 위해 헌신하는 백의의 천사 같은 모습이 있고, 헐벗고 굶주린 자를 위해 자기 것을 아낌없이 내어주는 가진 자가 있는 것을 볼 때 아득하나마 우리에게는 희망이 보이는 것이다.

백지장도 맞붙들어야 가볍다는 좋은 고사가 있다. 서로 간의 아픔을 나누고 서로 돕고 의지해 나가면 어떠한 어려움도 쉽게 이겨낼 수 있으리라 믿어진다. 나누면 배가(倍加)되고 독점할 때는 반감(半減)된다고 하지 않은가. 백의의 천사 같은 하얀 소의 해, 우리 황소와 같이 다 함께 신성한 멍에를 짊어지고 아름답고 향기로운 삶을 일구며 뚜벅뚜벅 신기원(新紀元)을 열어가는 한 해가 되었으면 한다.

〈참고〉 황소는 누런 소만을 의미하는 것은 아니다. 검은 소건 흰 소건 덩치가 큰 수소의 경우 모두 황소라 부른다.

56

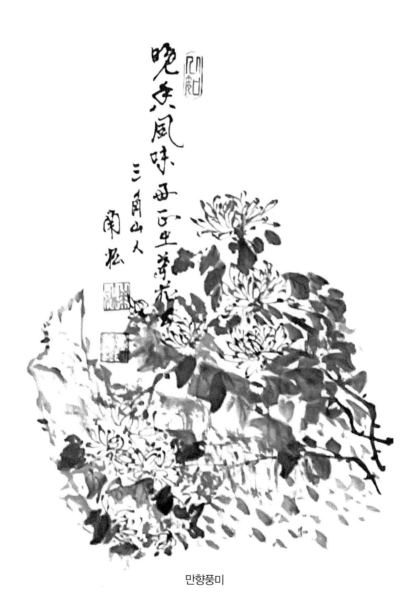

만향풍미

독배를 들며

술 속에는
낭만이 있고
완벽을 위한 열정이 있고
자부심과 명예와 인생을 건 도전도 있네
술은
잘하지 못하지마는
위스키나 와인 맥주 할 것 없이
내로라하는 술은 탁 터놓고 마셔 보았네
영국에서는
국민 위스키 베른에 취했고
프랑스에서는
터불 와인으로 야경을 즐겼으며
독일에서는
높은 고성 아래서
수십 종이나 되고도 남는
맥주 맛에 흠뻑 젖어도 보았네
여보게 친구
잘 익은 탑탑한 농주 한 잔 어떤가
그래도 술은 가까운 친구와

여유롭게 담소하면서 마셔야 제맛이지
독배를 들며 생각하네
한 잔 술에 취하긴 마찬가진데
어찌 저들은
몇십 년 동안 땅속 깊은 통속에
술을 담가놓고 술맛을 우려내는지
시간의 벽을 넘어 문명의 기폭제를 만들어 멋들어지게 사는지

바다의 꽃

함경도 깊숙한 산골 토굴에 들어 불도를 닦던 수도승 '무학'은 낯선 무사 만나 한사코 사양하며 겸양해 마지않는다. 허나 막무가내, 물어 물어 찾아왔소. 한번 봐 주시오. '다 쓰러져가는 집에서 서까래 3장을 달랑 지고 나왔소. 닭 새끼들이 꼬끼오 하고 우는 것을 듣고 잠을 깨었소' 하며 다그친다. 한참을 눈을 감고 있던 그는 마지못해 입을 뗀다. 석가래 3장을 가지고 나온 것은 임금 왕(王) 자요, 닭이 꼬끼오(高貴位)라고 울었으니 고귀한 사람이 될 것은 분명하오. 이것이 인연이 되어 무사는 후에 이태조(李太祖)가 되고 선승(禪僧)은 왕사(王師)가 된다.

한편 한고조(漢高祖) 장량(張良)을 자처하는 유학자(儒學者) '정도전(鄭道傳)'은 귀양에서 풀려나왔으나 도처에서 홍건적과 왜구들이 창궐하고 민생이 도탄에 빠진 것을 보고 학문에만 매달릴 수 없어 방장을 걷어차고 일어섰다. 함흥에 도지휘사(都指揮使)로 있는 이성계를 찾아가 새 왕조를 세울 것을 권유코자 작심한 것이다. 역성혁명(逆成革命)이라지만 정한 이치가 아닌가. 역량이 갖추어지지 않은 한 운명도 범람한다고 하지 않았던가. 인민의 지지가 없으면 성곽도 요새도 소용없는 것을. 상황변화에 대한 대처 능력도 없는 왕권이 무슨 소용이랴.

'이태조(李太祖)'는 왕조를 일신하고 백년대계(百年大計)를 이룰 수 있는 새 터전으로 천도(遷都)할 것을 다짐하고 회암사에 머무르고 있는 무학(無學)을 찾아갔다. 무학은 삼각산을 올라보고 계룡산을 다시 관악산을 돌아 한강을 건너는데 백발노인이 밭에서 소를 몰려 혼자 하는 말이 하, 이놈의 소. 미련하기가 무학보다 더하구나. 어찌 곧은길은 마다하고 자꾸 돌아서만 가려 하느냐 한다. 무학은 그를 얼능 알아보고 엎드려 길을 묻는다. 서로 똑바로 십 리쯤 가면 알게 될 것이요. 그 노인은 풍수지리에 밝은 도선선사의 화신이었던 것이다.

북악(北岳)을 올라보고, 인왕산(仁旺山)이 일대가 천년대계를 가히 이룰 수 있는 명당자리임에 크게 탄복한다. 인수봉(人壽峰) 밖으로 성을 쌓고 인왕산(仁旺山)을 주산으로 백악과 남산을 청룡백호(龍虎)로 삼는 동향(東向) 궁궐터를 권유한다. 그러나 어찌하랴. 정도전 등 개국공신의 반대에 이태조는 어찌할 수 없이 인수봉 안으로 성을 쌓고 북악산을 주산(主山)으로 하고 남산을 진산(鎭山)으로 삼아 경복궁(景福宮)의 위치를 잡게 되니 무학이 서러워 울었다 하여 서울이란 이름이 생겨난다.

명상(冥想)과 선(禪)을 통해서 깨달은 자는 빛 속에 산다. 자신만 아니라 모든 이에게 평화와 기쁨을 안기어 준다. '정도전'은 서양문화의 기초를 확립한 그리스 철학자 '플라톤' 같다. 아니 도시국가 군주론을 펼친 '마키아벨리'의 부르짖음이다. 이조 오백년 윤리에 기초를 둔 국가이념(理念)을 정립하고 국가에 대한 명확한 정치 철학적 비전을 제시한다. 개혁의 일단으로 유교국가(儒敎國家) 이념을 통치 철학으로 신하 중심, 백성 중심의 민본주의를 실현해 나간다. 한양에 도성을 쌓고 동서남북 네 개의 대문에는 유교의 덕목인 인의예지(仁義

禮智)를 담고 이상적인 도덕적 유교 국가를 구현코자하였으나 뜻하지 않게 왕자의 난을 맞이하여 운명을 다할 줄 누가 알았으랴.

선각자(先覺者)들의 사상(思想)의 근저에는 윤리(倫理)를 바탕에 깔고 있다. 성리학자 '퇴계'는 "마음의 평정을 가지라. 마음이 안정되지 않으면 마땅히 해서는 안 될 일을 하게 되는 경우가 있다" 한다. '소크라테스'도 "내 영혼을 돌보면서 자기 자신에게 부끄럽지 않게 살아야 한다, 늘 깨어있는 자신으로 살아라" 한다. '칸트'도 "양심의 소리를 들을 줄 알아야 한다, 항상 하늘과 도덕률에 비추어 자신을 점검하고 잘못된 점을 찾아 반성하자" 한다.

인간(人間)은 살아가면서 체험을 통하여 눈을 뜨고 자연에 순응해 나간다. '루터'가 "본질로 돌아가자"라고 말한 것처럼 중세에서 근대로 넘어오며 역사와 문화 그리고 종교에 대한 변화가 크게 이루어졌다. 변신(變身)은 변화(變化)를 통하여 본래의 모습으로 회복(回復)되고. 혼돈에서 질서로의 향상(向上)이 이루어졌다. 삶, 철학, 그리고 종교가 새롭게 이해되고 되돌아보게 된 것이다. 시공간적(時空間的)인 관계가 없으면 느낌마저 없듯이 감각(感覺)도 공간성(空間性)을 느낄 때 시간성(時間性)을 느낀다. 그리고 변화(變化)를 가져온다.

이처럼 자연(自然)은 본질(本質)을 일깨워 준다. 그 어떤 인간의 인위적 선택과 노력보다 자연의 산물이 더 아름답고 진정성이 있다고 '찰스 다윈'은 『종의 기원』에서 말한다. 아무리 복잡한 생존조건(生存條件)일지라도 자연은 잘 적응하여 나아갈 뿐아니라 나쁜 것은 버리고 좋은 것은 보존하여 간다. 자연을 본받을 줄 알아야 한다. 알맞은 것은 아름다운 것이다. 알맞고 적합(適合)해야 모두를 공감(共感)케 하고 성

취(成就)하게 한다. 무엇이 우리의 이상(理想)과 목적(目的)에 적합한지를 돌아보고 적합하지 않은 것을 부끄러워해야 하는 것이다.

되돌아 가는 길

길을 가다
길 가운데서
길을 잃어 버렸네
아득히
길은 멀고
비바람만 몰아치네
여기고 저기고
길 아닌 길 뿐이고
나 아닌 나뿐이네
스스로
내면을 직시
통찰해야 했네
어두운 길을
빠져나갈 유일의 출구는
돌 뿌리 가시밭길 뿐인 바로 그 고난의 숲속에 있었네

春水滿四澤
夏雲多奇峰
秋月揚明輝
冬嶺秀孤松

晚松

춘수만사택

65

꽃향기

어느샌지 모르게 돋아난 꽃대가 어느결에 뾰조롬이 꽃순을 달았다. 올해는 베란다에 있던 난(蘭)이 제일 먼저 봄소식을 전한다. 언제 촉을 올렸나 싶게 촉마다 꽃이요 꽃마다 향기다. 그윽한 향내가 풍기다가 그치고 그치다 풍기고 옥피리 음향 같이 마음을 사로잡는다. 봄이 왔나 보다. 앞뜰에 매화가 뒤뜰엔 산수유가, 진달래 개나리도 앞장서 달려오고, 행길에 벚나무들도 꽃 가슴이 부풀어 올랐다. 봄맞이라도 나서볼까 싶어도 선 듯 나서지 못하고 어느결에 귀한 순간들이 꽃구름처럼 일었다가 사라져 버린다.

청명을 맞이한 농부가 논밭에 거름을 내듯 묵혀 두었던 원고와 습작들을 정리하여 세상에 내보낼 양으로 부산을 떨어 보지만 아무것도 하나 마음에 든 것이 없이 추려 내버릴 것만 산 같다. 오늘도 아침 일찍 숲과 계곡이 있는 화계사 언덕길을 오른다. 일주문 앞을 숨차게 오르는데 '안녕하셨어요. 건강한 모습 뵈니 반갑네요.' 하고 숲속의 오랜 친구 뻐꾸기가 인사를 한다. 아! 올해도 변함없이 찾아와 주었구나 반갑다 그 목소리는 조금도 변함없이 아름답구나. 삼각산 맑은 정기가 방울방울 맺혀 흘러내리는 오탁정에서 물 한 모금 목을 축이고 눈을 씻어 하늘을 올려보니 삼각산 푸른 정기가 마치 가슴속을 타고 흐르는 듯 가슴이 시원하고 정신이 맑아온다. 이렇게 자연의 본성, 물리(物理)를 보고 학문의 본성, 문리(文理)를 얻으려니 이 어찌 숨찬 걸음인들 멈출 수 있으랴, 고귀한 삶은 늘 극기하며 정진하는 데 있는 것이 아니랴.

오늘도 먹을 갈아 붓을 들고 선현들의 발자취를 더듬고 있다. 서화는 조금 나아진 것이 없어도 정신만은 또렷이 맑아지는 듯하여 마음의 위안을 삼고 정진하다 보니 그 가운데. "일체유심조(一切唯心造)"라는 글이 마음에 들어 정성으로 써서 산에 오르는 가까운 이들에게 나누어 주고 있다. 글씨는 미숙하지만 그 뜻이 너무 깊고 향기로워서다. 원효가 의상과 같이 유학길에 나섰다가 얻은 깨달음으로 모든 것은 마음이 지어낸다는 뜻이다.

종암동에서 수유리로 이사 올 때 어여쁘고 고운 향내 나는 장미 한 그루를 가져왔다. 꽃도 예쁘고 우아하지만 향기가 그야말로 일품이라서 누구나 예찬해 마지않던 꽃이다. 오래오래 곁에 두고 사랑하고 싶었지만 내 잘 돌보고 가꾸지 못하고 송두리째 하늘나라로 올려보내고 말았다. 아파트로 이사 와서 늘 못 잊고 그리던 차에 친구들이 행운목을 선물하여 베란다에 드려놓고 곳곳에 난화와 분재를 놓았더니 제법 그럴싸한 정원이 되었다.

창문을 열어주고 물을 주고 벗 삼아 지내던 차에 무심결에 어디선가 기이한 향기가 일어 살펴보니 행운목에서 금빛 꽃과 별빛 향기가 쏟아지는 것이 아닌가. 어느 결에서 우러나오는 꽃이요 향기인지 모르게 환상의 경지는 상상을 초월하여 몸과 마음을 황홀경으로 이끌어 간다. 내 일생 처음 보는 꽃이요 처음 맡아보는 향기다. 이런 귀여운 꽃과 향기를 만나다니, 여간 행운이 아닐 수 없다. 그래서 그 이름도 행운목이라 이름 하였는가 보다.

늘 외로운 창가 가꾸기 힘든 아파트 공간에서 이처럼 진귀한 꽃을 마주할 수 있다니, 낮에는 밝고 따스한 햇볕이 밤에는 맑고 고요한 달빛이 곱게 품어준 축복의 선물이 아닐 수 없다. 무엇인가 기대와 희망을 갖는 것으로도 세상은 밝아지는데 하물며 신의 축복 같은 선물을 받아드니 그 감회야말로 실로 가슴 벅차지 않을 수 없다. 본래 곱고 아름다운 꽃과 향기는 귀해서 만나보고 간직하기조차 어려운 것이 아닌가.

꽃과 향기는 마음을 기쁘고 즐겁게 하는 자연 최고의 예술품이며 걸작품이다. 꽃이 아름답듯이 꽃을 보는 마음도 아름답다. 가장 아름다운 인간의 모습도 꽃 같이 웃는 미소다. 나는 웃는 얼굴이 가장 아름답고 웃는 순간이 가장 행복하다. 꽃 같은 마음이 꽃 같은 향기와 꿈을 피우고 인간다운 마음이 꽃같이 아름다운 미소로 사물을 아름답게 보듬어 세상을 아름답게 한다. 마음은 붙잡을 수 없고 붙들 수 없어도 늘 호수같이 고요히 넘치고 있다. 소월은 마음을 호수로 비유했고 원효는 이러한 마음을 일심의 바다라 표현했다 뿌리 없는 나무 없듯 꽃과 향기에도 뿌리가 있다. 일심의 바다 호수 같은 마음 갖음으로 세상을 살아야 한다. 새봄을 맞아 신선한 꽃이 새롭게 다시 피듯 우리도 새로운 감성의 눈을 뜨고 미래에 대한 거대한 변화의 흐름이 향기롭게 일었으면 하는 마음 간절하다.

3부

草龍 爭珠

초룡쟁주

마음이 하늘이다

마음이
하늘이다
마음은
하늘에서 나고
하늘에서 자란다
마음을
넓게 써라
마음을
넓게 쓰면
마음의 도량이 생기고
마음을
좁게 쓰면
마음에 고랑이 생긴다
늘 푸른 하늘같이
깊고 넓은 마음을 닦아나가라
모든 것은 마음 쓰기에 달렸나니……

물같이 바람같이

　생활향상에 대한 염원은 신기술의 발명과 응용이라는 산업혁명의 호수로 흘러들었고 그 호수로부터 물질문명은 획기적인 변화를 일으키며 근대화로 흘러내렸다. 문화적 가치 향상과 그 완성에 그쳐야 했으나 끝 모를 탐욕으로 범람하기 시작했고 급기야는 자연 파괴, 기후 온난화를 불러오고 생태계가 수용할 수 있는 한계를 넘어 인간 스스로를 궁지로 몰아넣고 지구까지 삼키려 든다.

　'루소'는 자연(自然)을 이성(理性)보다 앞서는 이상(理想)으로 삼고 '자연으로 돌아가라' 부르짖었다. 그는 산업화와 도시화가 이루어지면서 인간과 사회는 자연으로부터 멀어지고 이기적인 대립 갈등이 고조되었으며 문명이 자연적인 인간 생활의 불평등을 초래하고 사회악을 산출했다고 지적하고 예술에서 자유롭게 표현하는 창조 정신을 고양 하면서 자연으로 돌아갈 것을 제창하였다.

　그보다 천년을 앞서 '노자'는 '인위(人爲)가 아닌 무위(無爲)'를 강조하였다. 자연의 질서에 순응하는 삶이 가장 바람직한 삶이요 삶은 '물 흐르듯이 흘러가야 한다'고 주장한 것이다. '만물은 뿌리에서 생성하여 꽃을 피우고 다시 뿌리로 돌아간다.' 하고 꽃과 향기는 그 뿌리의 영혼(靈魂)이며 뿌리로의 회귀(回歸)하는 것을 자연 순리 하였다. '사회 진보는 사회 혼란을 가져올 뿐이고 인간의 탐욕을 부추겨 전쟁의 원인이 되어 파멸을 초래한다.' 하였다.

물은 생존의 요소요 만물의 근원이다. '플라톤'은 네 가지 원소(흙, 공기, 물, 불)로 우주의 몸이 구성되어 있으며, 네 가지가 조합하여 만물이 만들어진다고 하였다. '물'은 산소와 수소로 그 자체가 인간 정신의 심장과 같다. 그 효시하는 것도 가장 신선하고 청정하다. 수평을 이루고 스스로를 정화하며 흐르고 뭇 생명들의 피가 되고 젖줄이 된다. 인간의 삶도 이같이 물처럼 살고 물처럼 흘러야 하는 것이다.

'내일 지구의 종말이 온다 해도 나는 오늘 한 구루 사과나무를 심겠다'고 한 '스피노자'는 신(神)과 자연(自然)을 '동등시(同等視)'하는 심오하고 순수한 진리(眞理)의 세계를 구축해 나갔다. 일찍이 '노자'가 '삶은 물 흐르듯 흘러가야 한다.'고 한 것이나 '루소'가 '자연으로 돌아가라.'한 것은 '물질문명'의 탐욕 추구가 아니라 자연 본래의 숭얼하고 순수한 정신적 가치 삶의 본성으로 돌아가게 일깨운 것이다.

움켜쥔 것 거머쥐고 놓지 못하면 더 많은 것을 잃어버린다. 산업구조, 의식구조의 변화를 기하지 않으면 재앙을 불러올 수밖에 없는 것이다. 리백 같은 재생 에너지 운동을 벌리거나 자연친화적인 꿈의 에너지를 발견하여 탄소가 배출되지 않은 상태에서 청정한 에너지를 얻어내는 등의 문화국가로의 회귀로 일대 생활 전환을 기하지 않으면 다음 세대를 위한 미래는 기약할 수 없는 것이다.

자연은 자연스러워서 더 숭얼스럽고 우아하다. 자연의 골짜기에는 언제나 숭얼 하고 순수한 싱그러움이 일어 아름다운 꽃이 피고 새가 운다. 자연의 품에 안긴 정겨운 마음이 모아져 미덕이 되고 보람된 생활이 되고 질서가 되고 문화가 된다. 이 같은 조화 속에서 우리의 몸과 마음은 자라고 우리 생활은 슬기롭게 빛난다. 하염없는 정서가 일고 사색이 일고 꿈과 사랑이 여문다.

하늘의 섭리가 이루어지고 자연의 순기능이 발휘되는 것은 이성의 본성 때문이다. 스스로 얽매인 굴레에서 벗어날 때 비로소 세상이 바로 보이는 것이다. 성철스님은 깨어나 보니 '청산은 예전같이 흰 구름 속에 있다.'하시고 '산은 산이요, 물은 물이로다.'하고 우주 만물의 본성을 일깨우신 것이 아닌가? '법정'도 '비본질적인 것은 버리라.'하며 '무소유'를 몸소 실천하고 살았다.

자연이 살아야 인간이 산다. 인간의 행복이 자연의 불행이 되는 시대는 멈출 때가 되었다. 자연과 인간은 역동적 상호작용을 하고 있는 것이다. 해수면 상승으로 우리 사는 토대는 무너지고 있다. 우리의 몸과 마음을 힐링하여주는 위대한 자연, 그 고귀한 가치를 깨우치는 문명의 끝과 시작을 향하여 새로운 문화를 꽃피어 나아가야 한다. 자연은 창조요 조화요 생명이요 은혜요 예술이다. 자연으로 돌아가자.

일출을 보리라

산은 오르고 또 올라도 미치지 못한 것이 산이요, 강은 흐르고 또 흘러도 다 흐르지 못한 것이 강이다. 그런가 하면 산은 오르고 또 오르면 못 오를리 없는 것이 산이고, 강은 흐르고 또 흘러도 바다까지 흘러야 강이다.

산과 강이 만나 그 맑고 푸른 기운이 뻗친 삼각산 허리 한 자락 붙들고 강남이 개발되고 황금알을 쏟아낸다 해도 눈 하나 꿈쩍도 않고 바위처럼 산에 올라서서 아침 해가 돋아나기를 기다리는 곰 같은 미련퉁이가 하나 있다. 산을 즐겨 찾는 것은 숲이 좋아서도 이지만 동녘에 떠오르는 희망같은 해를 바라보는 즐거움이 있고 푸른 하늘 맑은 공기를 호흡하다 보면 정결한 정신이 들어 자연과 같은 멋과 여유도 생겨나기 때문이다.

일출을 보리라. 해는 돋을 때 아름답고 또 질 때 황홀하다. 어느 한 순간도 놓칠세라 아침 일찍 산을 오른다. 일출은 동해에서만 보는 것이 아니다. 동해 일출보다 더 곱고 둥근 해돋이를 여기 서면 볼 수 있다. 저 멀리 한강이 굽어 흐르는 능선 수풀 사이로 동백꽃보다 더 붉은 새빨간 햇덩이가 솟아오른다. 허공에 돋아나는 이 장관 일출 운해를 무어라 형용하랴. 감동만 소스라쳐 복받친다. 퍼지는 빛살마다 실낙원의 꿈이 물결친다. 아! 초원의 빛이여 삶의 영광이여!

해야 솟아라/고운해야 솟아라/온누리 가득 그리움의 날개를 펴라/동터오는 내 모습/꽃인들 그리 고우랴/천사인들 그리 아름다우랴/천만리/비추어도/천만년을 비추어도/너만은 한 점 굴절 없는 빛이요 생명이니/언제나/꿈처럼 아름다운/동터오는 금수강산/눈부시게 빛나는 새아침을 맞으리라

햇살 받은 자연은 상상할 수 없는 신비를 자아낸다. 아침 일찍 산행하기 힘들고 버겁지만 이만큼의 수고로움으로 천혜의 푸른 하늘과 땅 그 사이에 떠오르는 붉은 태양, 해맑은 대자연의 아름다움을 맞이할 수 있다니 축복치고는 너무 작은 수고로움이 아니랴. 이 빛나는 아침 상서로움이 감도는 새벽을 놓치고 어찌 세상의 아름다움을 말할 수 있는가. 나는 아침이 고운 나라 이 땅에 태어난 것이 한없이 자랑스럽고 조국 강산이 사랑스러움을 느낀다.

아침이 고운 나라 조선(朝鮮)이라는 국명도 여기서 비롯되어 지어졌을 것이다. 여기서 얻어지는 상서로운 기운으로 오늘을 산다. 여기서 얻어지는 영감으로 글을 쓰고 그림을 그린다. 보잘것없어도 산시와 민족시가 여기서 얻어졌다. 몇 시간 머물지 않은 짧은 시간에 지나지 않지만 오르내리는 돌부리, 가파른 길도 보배로운 은혜의 길이요, 희망을 샘솟게 하는 보람찬 생의 길이다. 어찌 새벽같이 서둘러 길을 나서지 않으랴. 이렇게 산행하고 나서 아침을 들어보라. 아침이 꿀맛이요, 한숨의 잠이 꿀잠이니 일상생활이 어찌 즐겁고 다감해지지 않으랴.

누가 그랬던가. '꿈을 가져라. 꿈이 있는 한 산 것이요, 꿈이 없으면 죽은 것이다.'라고. 꿈이 있는 한 꿈은 날로 영글어 가는 것이요, 시들어지는 것이 아니다. 더구나 조국과 민족을 위한 일에 있어서

랴. 약천의 권농가(勸農歌)같이, 아니 주자의 권학가(勸學歌)같이 한순간의 시간이라도 게을리하거나 가벼이 해도 아니 될 것이며 품은 뜻은 날로 더 크게 키워 나아가야 할 것이다.

하늘은 맑고 푸르다. 대자연은 아름답고 우는 새소리는 즐겁다. 하늘이 맑고 푸르니 내 마음도 맑고 푸르러 공활한 세상으로 두 나래 활짝 펴고 무한 질주하고 싶어진다. 세상은 마음 문을 열고 눈을 뜬 자의 것이다. 눈 뜬 만큼 보이고 눈 뜬 만큼 얻어진다. 한 세상 눈을 뜨면 천지가 도솔천이고 눈 감은 세상은 도처가 깜깜한 어둠이라 하지 않은가.

이제야 비로소 갈고 닦아온 보람이 있어 우리 민족의 우수성이 세계에 알려지고 한류 문화와 우리 제품이 신뢰를 얻고 세계를 석권하는 서광이 비치기 시작했다. 가야 할 길은 멀고 풀어야 할 짐은 무겁다. 우리 몸과 마음을 다해 스스로 길을 열어 나아가지 않으면 새 아침의 봄은 다시 오지 않는다. 내 작은 뜻과 마음 하나라도 보태어 먼동이 트는 찬란한 새 역사의 새 지평을 열어가자.

자연예찬

물
한 방울
공기
한 줌
어디서 나더냐
이것으로
우리
숨 쉬고 산다
물과
공기는
우리 허파다
있는 대로가
축복이요
신비로운 기적이다
아끼고
사랑하자
더럽히지 말자
자연을
마음의 양식으로 삼고
생을 누리면 무엇이 부족하리오
이 어찌 겸손하며 감사하지 않으리오

황소

콩깍지
여물 썰어
쇠죽을 쑨다
구유
가득히
넘치게 퍼준다
혀 널름
침 꿀꺽꿀꺽
맛깔나게 잘 먹는다
힘든 일
척척 해내는
우리 소 고마운 소
어여 먹고 더 먹어라
너 아니면
어찌 농사 지랴
니가 산 정승이다
거치른
손 내밀어
목덜미 등허리를 닳도록 쓰다듬는다

무릎을 꿇어라

우크라이나 사태가 심상치 않다. 우크라이나는 소련의 해체 직후에 독립 국가가 되었다. 러시아, 영국, 미국은 우크라이나 영토 보존과 정치적 독립에 대한 보장을 조건으로 그들이 보유하고 있던 핵무기도 폐기했었다. 그러나 푸틴과 러시아 지도부는 러시아로부터 점점 멀어지고 서유럽으로 기우는 우크라이나를 못마땅하게 여기며, 강제 병합한 크림반도같이 무력으로 합병코자 나섰다. 그들은 북대서양 조약기구의 확장이 안보에 위협이 된다고 판단하고 있고, 그와 반대로 역사적으로 러시아 연방에 관한 피해 사례가 많은 동유럽 국가들은 푸틴이 러시아제국 소련의 회복을 시도, 군국주의 정책을 추구한다고 비난하여 왔다.

막강한 전력을 가진 러시아는 손쉽게 해치우리라 생각하고 탱크를 앞세워 몰아쳤으나 이처럼 완강히 저항할 줄은 미처 생각지도 못했으리라. 선린 우호는 공동체 구성원의 자발적 의사로 이루게 해야지, 강요 강탈해서는 얻는 것은커녕 저항만을 불러올 뿐이다. 어찌 전 근대적인 침략과 정복으로 굴종하기를 바랄 수 있겠는가. 자발적 선택의 결심은 정의로운 것이다. 자유와 독립보다 소중한 가치를 어디서 찾을 수 있단 말인가.

러시아와 우크라이나의 전쟁은 어쩌면 미국을 중심으로 한 친서방 진영과 러시아를 중심으로 한 친러진영의 대결장이 되어버린 느낌이다. 아니 그것이 세계대전의 전초전이 될지도 모른다.

친서방 이웃 국가들은 불시에 재난을 맞이한 난민들이 남의 일 같지가 않다. 뜨거운 온정과 편의를 제공하고 구호를 베푸는 모습이 실로 눈물겹다. 한발 더 나아가 참상을 지켜보던 영국은 선도적으로 대전차포를 그리고 미국은 장갑차와 헬기와 자폭 무인기와 대공 대전차 미사일을 아낌없이 제공하고 나섰다. 그리고 머뭇거리던 독일이 전차와 미사일을 지원하고 체코와 슬로바키아도 군사원조를 추가하고 있다.

푸틴은 히틀러보다 잔학하고 교활한 지도자인지 모른다. 히틀러가 러시아인을 '공산주의로부터 해방'시키기 위해 전쟁을 일으켰다고 말했듯이 푸틴은 우크라이나인을 '나치즘으로부터 해방'시키기 위해 전쟁을 일으켰다고 말한다. 히틀러가 게르만 민족이 지배하는 제3국을 꿈꾸었다면 푸틴은 러시아가 주도하는 유라시아 제국을 꿈꾼다. '우리는 하나의 국민'이라고 선언하면서 돈바스 지역에 사는 인민을 돕는 것이라 핑계대면서, 숭고한 전쟁이라 찬양하고 러시아군의 전쟁범죄행위를 인정하지 않는다.

그는 톨스토이의 『전쟁과 평화』, 그리고 『부활』, 도스토옙스키의 『죄와 벌』 같은 명작의 문학과 예술을 꽃피웠던 세계적인 문호들이 자리 잡은 레닌그라드 출신이다. 예술의 미학적 가치와 윤리적 가치를 통해 역사를 그려내고 공정을 넘어 정의롭게 살아가고자 하는 그 위대한 사상적 배경은 다 어디로 갔는가? 『죄와 벌』에서 인류의 평화를 위해 고리대금업자 노파를 살해해도 된다는 생각으로 노파를 살해한 라스콜리니코프는 고뇌 끝에 가족을 위해 몸을 던진 매춘 여인 소냐 앞에 무릎을 꿇고 "나는 당신에게 무릎을 꿇은 것이 아니라 인류의 고통 앞에 무릎을 꿇은 것이요."라고 하지 않았던가.

러시아는 크림반도와 돈바스를 연결하는 요충지를 확보하고 흑해 함대의 안전을 도모코자 한다. 돈바스는 우크라이나 중부와 러시아 남동부의 경제적 문화적 지역을 의미할 뿐 아니라 우크라이나 최대 광공업지구이고 산업중심지다. 강탈한 돈바스 수개 지역을 주민투표를 강제하며 자기 영토화한다. 21세기를 지향하는 마당에 누가 총부리 투표로 그것을 합법으로 미화한다고 수긍할 것이며 점령지 편입을 국제사회가 인정할 것인가?

전세가 기울자 예비군을 소집하는 동원령을 내리고 서구를 겨냥해 영토적 통합성이 위협받을 때는 모든 수단을 사용할 것이라고 핵 위협에 안간힘을 쏟고 있다. 더 늦기 전에 푸틴은 죄와 벌에서 다른 라스콜리니코프를 보여준 것 같이 서방의 지원과 알력 앞에 무릎을 꿇은 것이 아니라 세계 인류의 고통 앞에 무릎을 꿇고 사죄하는 새로운 모습을 보여주기 바란다.

뜻있는 지도자라면 존엄한 시대적 사명을 인식하고 자유와 평화와 인류가 공생 공영을 하는 데 앞장서 나가야 할 것이 아니겠는가? 지금부터라도 공동체의 소중함을 인식하고 전쟁을 종식할 방안을 마련하는 지도자가 되기를 바라 마지않는다.

4부

산고유석

가을걷이

가을
하늘에
꽃웃음 달렸네
깨알
한 줌
뿌렸더니
올 같은
장마에도
산더미로 자랐네
한 아름 베어다가
땡볕에 말려놓고 타작을 하네
비켜라
알알이 토실토실
금쪽같은 깨알 튄다
이것이다
땀 흘려 일한 맛이
앞마당 뒷마당 깨 터는 소리 깨알 쏟아지는 소리

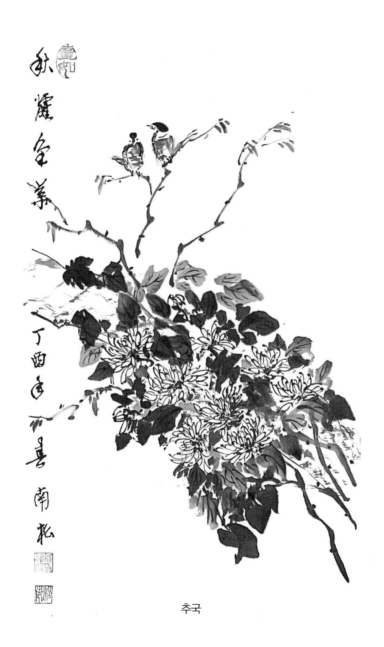

추국

인터뷰
-현대문학신문

1. 이번 시화전 사군자 동양화를 언제부터

문인화가 선비들의 그림이듯이 글은 마음의 그림이고 마음의 그림은 글입니다.

여가를 선용하여 그림을 그렸습니다. 어지러운 시절을 지내오면서 망중한의 심정을 표현한 것입니다. 시서화(詩書畵) 삼절에 심취한지가 수십 년이 되었습니다.

추사 김정희 선생께서 유배 생활 중 세한도(歲寒圖)를 이상적 제자에게 그려주었듯이 그림은 별로 보잘것없이 단출한 것 같으면서도 선비의 고결한 지조와 정신이 녹아 있는 것입니다. 중국 청나라 문인 오순소는 추사선생의 세한도를 보고 이 그림은 분명 좌우명이다 하고, 자기 삶의 모토로 삼은 것 같이 눈과 서리를 겪을수록 더욱 푸를지니, 이 같은 절의를 누가 가질 수 있겠는가 하였습니다.

2. 이번에 발간한 수필집을 보니 가족들이 동양화 서예로

추사 선생은 선비는 문자향과 서권기를 갖추는 것이 예법의 근본임을 설파하셨습니다. 문자향이란 말 그대로 글자에서 나오는 향기를 말하고 서권기란 서책에서 나오는 기운을 말합니다. 시서화를 하는 것은 스스로의 몸과 마음을 수련하는 것임과 동시에 이상향적인 문예의 창조라 할 것입니다.

겸제 정선 선생은 우리나라 산천을 사생하는데 가장 알맞은 고유 화법을 창안, 진경산수화풍을 완성해 놓았습니다. 사정이 허락되지 않아서 그 재능을 발휘하지 못하여서이지 누구나 예능에 대한 감성을 가지고 있습니다. 다분히 형님께서는 필체가 남다른지라 평생을 서예로 문필가가 되셨고, 저는 서예보다는 시화가 좋아 조금 배우고 습작하여왔습니다만 세상에 내놓기가 부끄러워 혼자 가지고 있던 것입니다. 아이들이 이 방면에 취미가 있어 미대를 나오고 미술을 가르치고 있습니다.

3. 수필 어떤 동기로

너무 늦었지마는 시를 하게 되면 수필을 하게 되고 수필을 하게 되면 소설을 쓰게 됩니다. 이번 시와 수필집에서 보듯이 하늘을 우러러 보며 허튼 구호가 얼마나 하찮은 것인가, 꿈을 짓밟은 일단의 구린내 나는 무리를 보고 크게 충격을 받아 붓을 들었고 불행 중 다행으로 자신을 찾고 이 시대를 살아온 의미요 가치고 전화 위복의 축복이 되었습니다. 저는 아둔한지라 시를 써 온 지 10여 년 만에 시집 『바람아 물결아 떠도는 구름아』를 내면서 저명인사의 눈에 띄어 등단하게 되었고, 수필을 월 계간지에 발표해 오면서 10년 만에 "땀이 혈통을 만든다"는 수필집을 내면서 수필로 인정을 받게 되었습니다.

4. 땀이 혈통을 만든다

작가가 자신의 작품을 아끼지 않은 작품이 어디 있겠습니까마는 미흡하나마 이번에 출판을 보게 된 『조국에 바치는 노래』는 시와 수필을 한데 묶어 더 많은 분에게 보이고 싶었습니다. 여기 우리 문단에 나오신 분들께 아낌없이 선사하고 싶습니다만, 모일 기회가 없고 주소마저 알지 못하는 터라 차일피일하고 있습니다.

5. 수필작가들의 활성화 차원에서

문화는 유기적 생명체입니다. 서로 연대하며 조금씩 성장해 갑니다. 영혼을 숨 쉬게 하는 시와 수필은 모든 문화의 핵심 요체입니다. 진정성과 참신성이 앞서는 문학가 정신이 필요합니다.

모든 것이 그러하듯이 하루아침에 이루어지는 것은 없습니다. 더 갈고 닦아 나가야 하고 연마에 연마를 거듭하여 자기완성을 기하고 문단에서 제일가는 빛나는 문학 수필가의 모태가 되어야 할 것입니다. 서책으로서만 상면할 것이 아니라 서로 소통하고 한데 모여 문림의 기둥이 되어야 한다고 생각합니다.

6. 앞으로의 계획이 있다면

건강이 허락된다면 파란 많은 일대기를 거울삼아 소설로 쓰고 싶고, 기회가 된다면 사철 푸른 시서화 삼절을 모든 이들이 즐겨하는 좋은 환경의 문필가의 집을 만들고 싶습니다. 간절함과 절실함이 묻어나는 연구 발표의 모임도 하고 작품도 전시 감상할 수 있는 갤러리도 하는 장을 마련하고 싶습니다. 꿈속의 꿈일는지 모릅니다.

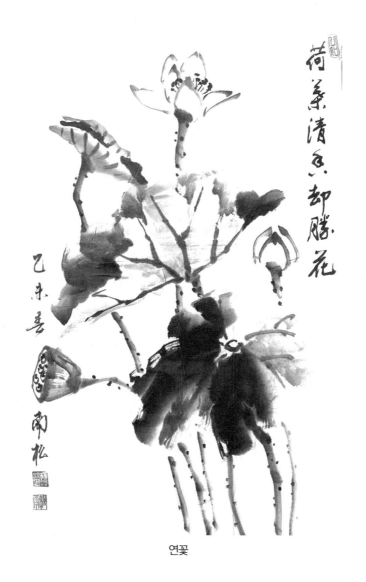

荷葉清香却膝花

乙未春

南松

연꽃

낙락장송

천 년
푸르름을 간직한 소나무야
풍기는 향이 좋고
붉은 단심 푸른 의지는 더욱 빛나
너를
누리 가운데
으뜸으로 삼고
고고한 기상을 본받으려 한다
만고
풍상에도
동경과 사랑으로
의연히 우주를 받들고 있구나
나도
너와 같이
한 점 흐트러짐 없이
서리 바람에도 우뚝 서 호연히 나부끼고 싶구나

천년문화꽃

사비성은 부소산을 감싸고 있고 백마강을 향해 초승달의 형태를 보인다. 그래서 반월성이라고도 한다. 초등학교 시절 국어 시간에 배웠던 백제 유민의 수필인 듯한 서사시(敍事詩)가 잊히지 않고 떠오른다.

"백제의 옛 서울 찾아드니 무심한 구름은 오락가락 바람은 예대로 부는구나. 부소산 얼굴은 아름답고 우는 새 소리도 즐겁도다. 성터는 지금도 반월이란 이름과 한 가지 남아있다. …낙화암 절벽이 솟았는데 꽃처럼 떨어진 궁녀들의 길고긴 원한을… 반갑다. 부여 땅 산천초목이 모두다 회구의 느낌이라 떨어진 기왓장 한쪽에도 천여 년 전 문화꽃 향기롭다."이다.

온조가 부여 백성을 데리고 하남 위례성 한강 유역에 도읍을 정하고 세를 남쪽으로 불리어 웅진 사비로 천도하기까지 육백칠십여 년 그리고 불시에 멸망한 지가 천삼백육십 년이란 세월이 흘렀거늘 아직도 잊히지 않고 우리 마음속에 살아 있는 것은 어째서일까?

백제(百濟)는 개국 이래 한인과 접하면서 한문과 유교문화를 접했고 중국의 양, 남조의 여러 국가와 활발한 문화 교류를 하였으며 도교의 바탕 위에 불교가 받아들여져 진선진미(盡善盡美)한 유불선(儒佛仙)의 영향 아래 찬란한 문화를 꽃피우게 된다.

누가 예술은 자연의 모방이라고 했던가. 출토된 토산품만 아니라 금속 공예에 이르기까지 진귀한 무늬의 형상들이 목견된다. 하나같이 자연을 새기고 자연의 너른 도량을 마음껏 구가하고 있다.

이러한 선진 문화는 그들만 지니지 않고 이웃 왜에도 아낌없이 전한다. 박사 왕인(王人)을 보내 천자문(千字文)과 유교의 논어(論語)를 가르쳐 주고 불교를 전해주었으며 일본에 천문학자뿐만 아니라 승려와 사공 건축 기술자까지 파견한다.

일본인들의 자부심 스텐노지의 상징과 같은 5층탑은 정림사지 5층탑을 빼닮은 백제인이 만든 것이다. 그들의 국보로 꼽는 반가 사유상은 우리 금동 미륵보살 반가사유상을 본떠 나무로 만든 것이다. 이처럼 백제 문화는 일본 고대문화를 꽃피게 한 원동력이 되어온 것이다.

백제와 왜와의 관계는 백제 최고의 전성기 근초고왕 때 그가 내려준 칠지도에 새겨진 금상감 명문에서 관계를 엿볼 수 있다. 거기에는 은상감 명문이 새겨져 있다. 칠지도(七指刀)는 칼의 몸 좌우로 각각 가지 칼이 세 개씩 뻗어 7개의 칼날을 이루고 있다.

한편 서동은 탁월한 지략으로 신라 선화공주를 얻고 진평왕의 사위가 되었을 뿐 아니라 마침내 명성을 얻어 백제의 임금(무왕)에 즉위하게 되고 미륵사를 창건하며 왕실의 권위와 지도력을 확립해 나갔다. 삼국유사(三國遺事)에 무왕의 미륵사 창건을 설화로 전한다.

무왕의 아들이 의자왕이다. 성품이 단정하고 효심이 깊으며 결단력이 있는 성군이었다. 해동증자라고 불리던 의자왕 치국은 지도력(地圖力)이란 걸 모르지는 않았으리라, 큰 뜻을 이루기에는 너무 협소

한 웅진을 버리고 사비로 천도한 것이 패망의 한 원인이 될 줄 누가 알았으랴.

흥망(興亡)이 재천(在天)이라 불운을 슬퍼한들 무엇 하리오, 한 나라의 역사는 통치자의 영도로 치세가 빛나고 크게 융성하기도 하지만 전혀 의도와는 달리 역행 추락하기도 한다.

구름에 가려진 초저녁달이 중천에 서럽다. 아리따운 궁녀들 순진한 백제의 여인들이 무슨 잘못이 있어 그들의 설 자리가 순절의 낙화암이란 말인가, 고귀한 영혼의 불꽃이 유성처럼 떨어진다. 그 깊이를 헤아릴 수 없는 순결이 백마강 푸른 물결로 굽이친다.

능산리 고분군에서 출토된 부여 금동대향로는 정신세계의 예술적 역량을 아낌없이 보여주는 역사적 걸작품이다.

그뿐이랴, 백제의 미소로 불리는 마애삼존불상(磨崖三尊佛像)은 백제 최고의 걸작으로 서산과 태안에 남아있다. 석가여래입상은 만면에 웃음을 띠며 어려움과 고통을 겪고 있는 모든 중생에게 따뜻한 미소로 위로의 마음을 전한다. 보살상은 인간이 각축하는 모습을 보며 터지는 웃음을 참고 반가사유상은 지극히 천진하게 사유하며 자유와 평화를 그린다.

이 같은 높은 해학과 진솔한 영감으로 각인된 백제 문화의 섬세한 조각과 예술은 저 로마의 피렌체, 미켈란젤로의 '피에타'와 견주어도 하나도 손색이 없고 '다윗상'보다 더 아름답다. 자세를 낮추어 보라. 그래야 더 높은 경지를 바라볼 수 있다. 이것이야말로 천년을 일궈 온 종교(宗敎)요 슬프도록 아름다운 역사(歷史)요 자기 회생 속에서 살아 올린 영혼이며 천년을 가도 변하지 않은 우리 문화(文化)꽃이다.

잘 가그라이
- 이태원 참사를 애도하며

어찌
얼굴 들고
하늘을 쳐다볼거나
숨이 막힌다
가슴을 짓누른다
누가
내 심장을 훔쳐갔소
모른 체하고 짓밟고 갔소
보는 눈길도 없었소
살피는 손길도 없었소
그냥 내팽개쳐진 지푸라기였소
오 하나님
저들은 무엇을 위해
누굴 위해 존재 합니까
한 발짝도 더 나가지 못했습니다
형편이 안 돼
잘하지 못한 것이
가슴 베인 듯 저려옵니다
세상에

존귀한 내 생명아

가슴 벅차게 차오르던 꿈나무야

어찌 감당할 수 없는 설움만 복받친다

잘 가그라이

불멸의 영혼이 살아 숨쉬는

사랑의 꽃동산으로 부디 부디 잘 가그라이......!

문학정신

　일제 말기와 해방 전후 그리고 군정 아래 시대의 어렵고 고달픈 길을 온몸으로 감당해 오면서도 상실해가는 우리 고유의 문화 전통을 지키는 참신한 사조(思潮)로 시선(詩禪)일체, 세속적 번뇌를 종교적으로 승화한 이 있으니 그 고고한 문학정신을 기리고자 한다. 조지훈 선생은 1939년 약관의 나이 19세에 실로 서정적으로 잘 묘사된 시 「승무(僧舞)」, 「고풍의상」, 「봉황수」를 세상에 내놓는다. 그리고 자연 감각과 순수 서정이 넘쳐나는 시로 평가받는 『청록집(靑鹿集)』을 1946년 박목월, 박두진과 공동으로 펴내고 박목월의 시 「청노루」에서 따온 이름을 붙인다. 이 시집은 우리말의 자연적이며 토속적인 아름다움을 잘 살려낸 것이라 그들을 일러 청록파라고 불리게 된 것이다. 다음 해 동국대 강사를 거쳐 고려대 교수로 발탁되어 4·19와 5·16을 겪으면서 조국의 아픈 현실을 목격하고 시집 역사 앞에서와 유명한 지조론을 발표한다.

　시의 원리에서 그는 말한다. 시의 언어는 안개처럼 떴다 사라지는 사념이 아니라 외부 세계에 생명력을 가지고 튀어나오는 율동의 언어이며 정신 속에서 춤추는 언어, 선이 있고 색채가 있는 언어, 리듬이 있고 멜로디가 있는 언어, 묘리 있게 배열된 언어로 관념을 나타내기에 알맞은 선택된 언어이어야 함을 역설한다.

　그가 일제의 탄압을 피해 오대산 월정사에서 수행 정진하는 가운데 실로 선이 있고 리듬이 있는 언어, 불교 의식을 통해 세속적인 번뇌를 종교적으로 승화한 대표적인 시 승무(1939)를 발표한다. 너무도 잘 알려진 시이지만 지난날 내 미처 살피지 못한 아둔을 일깨우며 되뇌어 본다.

얇은 사(紗) 하이얀 고깔은/고이 접어서 나빌레라

얇은 실로 고이 접어 만든 고깔을 쓴 여승의 여리고 고운 자태가 흡사 사뿐히 내려앉은 나비다.

파르라니 깎은 머리 박사 고깔에 감추오고

푸르스름하게 짧게 깎은 머리는 여승이 된 여인의 안타까운 사연을 연민의 정으로 들여다보고 고깔에 감추오고라 하였으리라.

두 볼에 흐르는 빛이 정작으로 고와서 서러워라

여승의 속세에 대한 미련과 정화된 모습이 너무도 곱고 아름다워서 오히려 더 서럽게 느껴진다.

세사에 시달려도 번뇌는 별빛이라

세사에 어려움과 번뇌도 삶의 가치와 의미가 되는 것, 세속의 번뇌를 종교적으로 승화 시킨다. 은유적이고 역설적이다.

돌아설 듯 날아가며 사뿐히 접어 올린 외씨버선이여

사뿐히 나르듯 휘도는 춤사위 외씨버선은 우리 한국의 전통적 곡선미로 우아하고 정결함이 묻어난다. 춤을 통하여 현실을 극복하려는 초월적 모습을 상징적으로 보여준다.

휘어져 감기고 다시 뻗어 접는 손이 마음속 갸륵한 합장인양 하고
유장한 춤의 모습을 참선의 합장에 비유하였으나 몽매에도 그리던 자주독립만세의 환상이 영혼 속에서 되살아난 것이 아닌가 싶다.

까만 눈동자 살포시 들어 먼 하늘 한 개의 별빛에 모두오고
정열의 눈동자 궁극적 목표인 영원과 동경 해탈의 세계인 별빛을 지향한다.

얇은 사 하이얀 고깔은 고이 접어서 나빌레라
시작과 끝이 같게 반복됨으로써 작품의 균형과 안정감을 주며 운율을 형성하고 의미를 강조하는 효과와 여운을 남긴다.

이렇듯 우아하고 예스러운 어휘로 상상하고 묘사된 승무는 불교적이며 선적인 견성을 통하여 얻은 형이상학적(形而上學的)인 가치의 재현이라 여겨진다.

그는 시뿐만 아니라 수필 이론과 창작 모두를 천착(穿鑿)해 나갔다. 늘 깨어있는 정신으로 돈과 권력 앞에 무참히 무너져가는 아픈 현실을 비판하고 역사(歷史) 앞에서와 유명한 지조론(志操論)을 세상에 내

놓아 문사들이 지향하여야 하는 방향의 푯대를 세운다. 역사 앞에서는 상처뿐인 조국의 산하를 바라보며 언제나 찬연히 솟아오를 새날의 밝은 날을 기대하는 염원을 담아낸 시요 수필이다. 지조(志操)론에서는 지조란 순일한 정신을 기리기 위한 불타는 신념이요 눈물겨운 정신이며 냉철한 집념이요 고귀한 투쟁인 것을, 친일파가 정치 일선에서 행세하고 정치인이 지조 없이 변절을 일삼는 세태를 비판한다. 그리고 꽃다운 젊은이들이 독재의 총칼 앞에 무참히 쓰러질 때 진혼곡을 바치며 혁명의 기치를 높이 치켜세웠다. 이렇듯 그는 선도자이고 스승이었다. 어디든 스승이 없이는 결단코 앞으로 나아갈 수 없는 것이다.

누가 그랬던가. 되묻지 않은 삶은 삶의 가치가 없다고. 자기 자신을 돌아보며 자기에게 부끄럽지 않게 살아야 잘사는 것이라고. 자신을 되돌아보고 갈고 닦으며 노력하지 않으면서 어찌 지위와 명성을 바라는 것인가. 선생의 탄신 100주년을 맞아 그의 솔직 담백한 확 트인 가슴, 뜨겁고 매운 지조, 그리고 고결한 지성을 우러러 마지 않으며 오늘날 우리 한국 문림에도 이 같은 문사들이 쏟아져 나왔으면 한다.

내 정말 못났어도

외톨로
굴러와
서울 복판
꽂혀 버렸소
정말
부끄러워
말할 수 없어도
꿈을 향한
의지 하나 살아있었소
돈 빽이
판치는 세상
알몸
부딪히다
벼슬자리도 팽개쳐 버렸소
내
정말
못났어도
못 사는 것이
잘사는 것이라 알고 있소

저 땅끝

심연의 골에

초당 하나 세우고

야위어가는 새싹들

참 눈빛 살아나는 생명의 꿈나무로 잘 가꾸고 싶소

착각의 시학

착각의 시학 김 발행인에게서 원고 청탁이 왔다. 이번에 발간한 『조국에 바치는 노래』 시와 수필을 한데 엮은 것을 보고 마음에 들었는지 아니면 한 해를 보내며 오랜 문우가 그리워서인지 모르겠다.

좋은 문예지를 내기란 여간 어려운 일이 아니다. 품격 있는 사화집을 만들어 독자들에게 읽히기 위하여 어려운 가운데 애를 쓰는 모습이 선하다. 새로 착상한 수필 한 편 골라 보낼까 하다가 2020년 겨울호란 대목에서 추사 선생의 세한도가 문득 떠올라 새로 붓을 들었다.

추사 김정희 선생께서 제주도 유배 생활 중 중국 문물자료를 수록한 책자를 가지고 온 이상적 제자에게 고마움에 보답한 뜻으로 세한도(歲寒圖) 한 점을 그려준다. 그림은 허름한 화선지에 소나무와 잣나무가 그려진 별로 보잘것없는 단출한 문인화이면서도 한량없는 고결한 선비의 정신이 묻어 있다.

역관 '이상직'에게서 세한도를 받아본 중국 청나라 '오순소'는 추사 선생의 세한도를 보고 감탄한 나머지 '이 작품은 인생의 고아한 향취와 고결한 지조가 배어난다. 이 같은 절의를 누가 가질 수 있겠는가' 하면서, '이 나무들은 눈과 서리를 겪을수록 더욱 푸르러지는 정기가 서려 있는 뛰어난 작품이다' 하고 분명 자기 삶의 신조로 삼겠다고 한다. 깊은 학문과 고결한 인품의 향기가 배어 있는 것을 알아본 것이다. 한 폭의 시서화 소품이라도 그 필치가 활개를 치고 수천 리 떨어져 있는 이국땅에도 무음의 연주처럼 심금을 울린 것이다.

그의 작품을 보면 조선 후기의 문화와 격동의 역사를 보는 것 같은 생각이 든다. 추사는 실사구시를 구현코자 정진하는 학문을 펼쳤다. 하지만 불우하게도 다산같이 유배되어 제주도 등지에서 귀양살이하게 된다. 하지만 그 세월을 무료히 보내지 않고 창조적 상상력을 발휘하여 신필(宸筆) 추사체를 완성한다. 철학과 문학의 경계를 넘나드는 가치와 의미를 형상화한 글과 그림에는 깊은 학문의 고뇌와 정신이 묻어 있다. 그는 자신의 인생과 예술 모두를 완숙한 경지로 마무리해 학문의 세계를 완성해 낸 대학자요 사상가요 문필가로 우리 역사와 문화에 빛나는 발자취를 남기신 것이다.

20세기 자유주의 사상을 대표하는 철학자 '리차드 로티'는 철학과 문학은 근본적으로 다르지 않으며 더 나은 세상을 만드는 데 둘이 보완제 역할을 할 수 있다고 한다. 창조적 상상력을 가장 중요한 가치로 생각한 그는 개인의 창조적 자율성 보호와 사회의 도덕적 정의 구현이라는 두 가지 가치를 어떻게 동시에 충족할 수 있느냐는 것을 두고 고심하고 이 두 가지가 어떻게 조화를 이룰 수 있는지 왜 조화가 이루어져야 하는 것인가를 설득한다.

우리는 부족하지만, 철학과 문학을 우러르고 영감과 지혜를 얻고 좋은 인성과 감상으로 시를 읊고 마음에 그림을 그리고 뜻있는 글을 음미하며 마음을 가다듬어 나간다. 이것은 자기 자신을 가꾸는 가치임과 동시에 함께 공감하고 연대하여 더 곱고 아름다운 미래로 해맑게 흘러가는 길이기도 하다.

　예기치 못하게 봄에 일기 시작한 코로나는 세계를 휩쓸고 이제 겨울 세찬 바람 앞에 웅크리고 있다. 어찌 살면서 어려움을 맞는 것이 한두 가지랴 마는 어려움도 슬기로움으로 이겨 나아가는 선현들의 가르침으로 헤쳐 나갔으면 하는 마음 간절하다. 아쉽게 놓칠 뻔한 새봄 저 푸른 해원의 기저에 조국과 민족애의 명맥이 살아 꿈틀거리며 돋아나고 있음을 감사하며 기대해 마지않는다. 창조적 자율성과 품격 높은 문예지 발간을 위하여 온갖 정성을 다하는 착각의 시학같이 우리 문림이 분발하고 격려하고 참여하고 마음을 모아 나아갈 때 아침 해가 떠오르듯 맑고 밝은 새날의 기운찬 맥박이 솟아나는 새벽이 동터오리라.

竹之品格高潔淸而且具有 仁義禮智信五常之德

晩松

죽지품격고결

5부

혼불

목
마른
간절함이
산
발한
아우성이
잠
자는
죽음을 깨운다
넋
살운
불기둥
불
멸의 영혼 되어
동트는 새벽으로 달려가고 있다

북유럽을 돌아보며

　인류가 오랫동안 발붙이며 살아온 땅치고 아름답고 신선하지 않은 곳이 있으랴마는, 그 많은 고장 가운데서도 일찍이 찬란한 문화의 꽃을 피운 곳이 있으니 그것이 유럽이 아닌가 싶다. 고대 그리스 아테네에서 발생한 다양한 사상과 철학, 예술, 과학은 로마를 거치면서 유럽 물질문명에 깊은 영향을 미쳤다.

　14세기에서 17세기에 이르는 르네상스 시대에는 고대 그리스의 사상과 학문, 예술과 과학이 크게 융성하였고 그것이 고스란히 유럽 여러 나라에 영향을 미쳐 오늘에 이른 것이다. 유럽은 43개의 국가 7억 인구가 유럽 역사의 축약된 공존의 땅에서 EU 유럽연합을 결성하여 부와 슬기를 나누며 살아가고 있다.

　유럽 대륙은 보통 동유럽과 서유럽으로 나뉘나 동유럽의 서북부를 북유럽이라고도 한다. 서동유럽은 몇 차례 탐방할 기회가 있었지만, 동구권에 속했던 북유럽은 뒤늦게 항로가 풀려 많은 변화가 일고 있는 곳이어서 미지의 세계를 개척해보고자 하는 호기로운 생각으로 봄을 시샘하는 북풍이 거세게 몰아치는 가운데 총총 먼 길을 찾아 나선다.

　비행기는 인천공항을 이륙하자 계속 서북쪽으로 기수를 돌리고 항진을 계속한다. 시속 850킬로미터, 고도 5,000피트다. 이 항로를 이용하여 몇 번은 다녀본 듯하나 도무지 알 수 없는 뜬구름 잡기 같은 항적을 살핀다. 기내식으로 아침을 하고 점심까지 마쳤으니 한참을 온 것 같아 기내 창문을 열고 가만히 무상의 공간을 내려다본다. 시베리아 상공인지 핀란드 상공인지 모른다. 마치 지구를 새하얀 눈과 푸른 산림으로 감싼 듯한 지대가 무한히 펼쳐지는 가운데 이따금 빙하인지 호수인지 환상의 공간이 빛으로 반사된다. 가는 것인지 서 있는 것인지 모르게 비행물체 소리만 요란한데 저만치 다른 항공기 한 대가 멈추어선 듯 떠 있다. 하늘 공간에서 땅을 내려다보는 것은 스릴 넘치는 신비다. 시차가 무려 6시간, 우리보다 늦어서일까? 8시간 가까이 날아왔지만, 아직 밝은 대낮인 듯 환하다. 기내 방송이 나오고 드디어 모스크바 셰레메티예보 공항에 안착한다. 신, 구 공항이 정연히 자리하고 오가는 길손들도 낯설지 않다. 다시 다른 항공편을 이용, 1시간가량 페테르부르크 숙소인 호텔로 향한다. 내일부터 시작하는 관광을 위해 일찍 잠자리에 들었으나 시차 때문인지 잠이 오지 않는다. 이곳 밤이 우리의 아침 시간인 것이다.

흔적없이

돌아가리
마음의 고향으로
기다리는 이 없어도
인심 하나 남아 있으리
전원엔
거짓이 없네
흔연스런 마음 뿐이네
오두막이면 어떤가
동창 하나 있으면 넉넉하네
돌에 문명 새기듯
스스로를 각인하며
가려져있는 신비를 찾고
고요히 저물어 가는 노을에 젖으리
밤이면
촛불 심지 돋구고
본 대로 느낀 대로
붓 끝을 다듬으며 참 먹을 갈고 갈으리

러시아

　핀란드만에 자리한 러시아 북서부 상트페테르부르크를 향하여 드넓은 대륙을 달린다. 길가에는 대평원이 나오는가 하면, 푸른 바다가 펼쳐지고, 꿈결 같은 해안선을 따라 한동안 동진을 하다 보니 드디어 팩시강 국경에 이른다. 러시아와 독일군이 2차 세계대전 중 가장 치열하게 전투를 벌인 곳이다. 나르비 강과 팩시강이 삼각주를 이루며 핀란드만에 연해있는 전략상 중요한 곳이다.

　유럽으로 열린 창인 러시아의 옛 수도이자 러시아 예술의 백미, 핀란드만에 자리한 레닌그라드 아니 지금은 상트페테르부르크, 러시아 제2의 도시를 향한다. 네바강 하구의 101개의 섬과 함께 계획적으로 건설된 것이다. 네바강을 비롯한 수십 개의 강 분류에 놓인 500개의 다리로 연결된 정연한 거리는 북방의 수도(水都)로 불려왔다. 6~7월에는 백야의 현상이 나타나고 겨울에는 네바강과 해안의 바다가 꽁꽁 언다. 러시아 표트르 대제는 러시아를 서구화하기 위해 측근들의 극심한 반대를 무릅쓰고, 유럽에 가장 가까운 황무지 늪지대에 암스테르담을 본받아 도시를 설계하고 도시를 이전, 친 서방정책을 폈다. 성당이 200개소, 박물관이 600개, 350만 점이 있다. 전시된 유물이 대부분 루브르나 대영 박물관과 달리 모두 비싼 값을 지불하고 구입한 것임을 자랑한다. 또한 72개 대학이 있다. 교육의 도시이며 문화예술의 도시다. 그리고 일찍부터 백성들은 문학과 예술을 꽃피어 왔다. 시인 릴케가 말한 것처럼 러시아인들은 활화산 같은 열정을 마음에 간직한 산처럼 침묵하는 깊이 있는 민족임이 틀림없다. 톨스토이의 『전쟁과 평화』 그리고 『부활』, 도스토옙스키 『죄와 벌』이 이곳을 배경으로 쓰였다. 러시아의 문화적 전통은 음악, 미술, 발레, 영화, 연극, 소설 등 다양한 분야를 두루 포괄하고 있다. 이곳 남부가 톨스토이의 고향이고, 도스토옙스키는 이곳 상트페테르부르크 공병학교를 나왔다. 또한 푸틴의 고향이기도 하다. 세계에서 가장 다리가 많다. 공업지대를 이루어 기계공업이 활발하며 경제 문화중심지, 철도의 기점이다. 더구나 레닌의 공산혁명을 기념하고자 레닌이란 이름을 붙인 소련의 자존심이 걸린 도시이며 레닌의 혁명사상이 담겨있는 도시이기도 하다. 도시가 해군성을 중심으로 바둑판같이 부채꼴로 펼쳐있다. 그리스 정교를 받아들여 동방정교 러시아 정교로 삼았다.

드디어 비바강을 건넌다. 비바강가에 전개되는 유네스코 지정 황금의 돔으로 유명한 이삭 성당(10킬로그램 순금이 옥탑에 새겨있다)과 여름 궁전을 돌아보고 러시아 최대의 박물관인 에르미타주 박물관(겨울궁전)을 돌아본다. 실로 독특한 건축미를 자랑하는 양식에 입이 다물어지지 않는다. 세계 3대 박물관의 하나로 리콜라이 황제의 여름 궁전을 박물관으로 사용하고 있는 것이다. 실로 유럽 최대 최상의 것 오스트리아 관광지 쉔부른 궁전에서 보았던 그 모습을 다시 보는 듯하다. 화려한 역사와 문화 전통을 느끼게 한다. 어찌 융성한 문화 없이 융성한 국가가 있을 수 있으랴. 다빈치의 명화를 비롯하여 다양한 지역과 시대의 그림과 유물을 보게 된다. 패트로 대제의 청동

기마상이 저만큼 위용을 떨치고 서 있다.

　모스크바에 도착했다. 찬란한 문화와 예술의 도시 시내 중심에 섰다. 스탈린에 의하여 세계 최초로 사방형의 도시가 계획적으로 토목화되고 건축물이 세워졌다 한다. 시내 도심 근교 바로크양식의 건축물들은 아름답다 못해 황홀하기까지 하다. 니콜라이 황제에 의해 조성되었다는 운하를 석조물로 구름다리 모양으로 성과 성을 연결한 건축미학은 정말 우아함 그 자체다. 그로부터 수 세기 지난 지금도 크렘린 궁전 등은 건축물이나 색상은 제정 러시아의 미술의 꽃이라 아니 부를 수 없다. 이 지역이 슬라브, 그리스도, 고전 문화의 3요소로 이루어진 유럽이란 말인가. 이 나라 민족은 장신의 건장한 체형을 가졌으며 여인네들도 러시아풍의 백옥 피부를 타고나서 고아하고 아름다운 미인형이다.

　성벽으로 둘러싸여 있는 듯한 크렘린궁으로 들어간다. '크렘린'이란 어원은 '언덕'이란 말이다. 우리에게는 어찌 공산 독재의 아성으로 비추어졌는지, 모른다. 평화롭고 아름다운 붉은 광장이 피의 광장으로 이미지 일색이었다니, 피의 숙청을 많이 단행해서일까. 아니다 공산주의를 혐오하는 친 서방 시각의 일환이었는지도 모른다. 붉은 광장에는 놀랍게도 성스러운 사원들이 오랜 세월을 빛내며 자리 잡아 왔다. 성모승천사원, 대천사사원, 수도원과 궁성, 관청 등이 즐비하다. 모스크바에서 정중앙에 이반 대제의 종탑이 높이 솟아 있다.

　사람들도 모스크바에는 러시아 인구 1억 오천만 명 중 천오백만 명 내지 이천만 명이 살고 있다. 도시집중 현상이다. 하지만 지하 시설이 잘 되어 그곳에 인파가 운집해 있어도 지상은 비교적 한산한 편이다. 모스크바 대학 앞 넓은 광장에서 키가 훤칠하게 잘생긴 젊은 여성들과 청에 의해 사진을 찍고 대화를 나누어본다. 옷차림도 황홀하거니와 파란 눈의 미모가 정겹기만 하다. 모스크바 대학은 학부와 대학원생이 4만 명이 공부하고 있으며 산하에 500개소의 연구기관이 있는 세계적인 대학이다. 러시아 젊음의 거리 아르바트 거리, 레닌 언덕, 볼쇼이광장 모스크바 대학 앞거리 등 시내를 두루 살펴본다. 도시는 규모 있고 시민은 자유분방하고 도심은 평온하다. 곳곳에 아름다운 미술과 조각품이 펼쳐있다. 레린 프쉬킨을 비롯한 주코프 등 동상이 있고, 역사와 문화와 전통이 고스란히 남아 여유로운 미소를 짓고 있다.

青松出澗壑
十里聞風聲

晚松

114

청송

풋감자

뭉게구름
꽃봉오리로
피어나는 산밭에서
순이와 나는
풋감자
서리를 하고
한나절
더위도 잊고 있었네
포슬포슬한
흙 가슴 속에
토실토실 매달린 하지감자
솔가지
보릿대 연기 속에
모락모락 달구어지고
수줍게
떨리는 말들이
구수하게도 익어만 갔네
유월의
하늘 아래
뭉게구름 피어오르듯이 새 희망 떠올랐네

蓮蓮出於而泥不染
濯淸漣而不妖
王民立書南北

원앙

117

핀란드

핀란드는 발트해 연안에 있는 스칸디나비아반도 국가로 땅덩어리는 우리의 수십 배 크나 인구는 겨우 5백여만 명이고, 호수가 지천으로 널려있는 나라다. 아름다운 자연을 즐기며 여유롭게 살 줄 아는 나라 국민이다. 서쪽으로 스웨덴, 동쪽으론 러시아 두 강국 사이에 끼어있어 오랫동안 외세에 시달림을 받아왔다. 수도 헬싱키는 삼면이 바다인 항구도시로 발트해 항로의 여객선이 기착하는 곳이다. 남항에 면해있는 대통령관저가 있는 원로원광장과 헬싱키의 명물로 꼽히는 마켓광장이 있고, 대통령관저를 비롯해서 스웨덴대사관, 시청사 등이 있다. 그 바로 북쪽에 시의 중심인 상원광장 헬싱키대학과 러시아 왕실의 대성당과 정부 기관이 오붓이 집중되어 있고 발트해 해풍은 평화롭고 여유로운 고요 속에 꽂인 듯 중세 북유럽을 고적이 품고 있다.

핀란드 국민 음악의 아버지라 불리는 시벨리우스는, 세계적인 작곡가로 핀란디아의 교향시와 제1의 교향곡과 4개의 전설곡 등을 작곡한 사람이다. 특히 핀란드의 조국과 역사에 대한 사랑, 민족정신에 바탕을 둔 민족주의적인 걸작을 많이 쏟아내었다. 오랫동안 스웨덴의 식민생활 그리고 러시아의 지배가 그에게 조국에 대한 자유와 해방의 그리운 정서를 담게 하였으리라.

처음 타보는 대형 크루즈선이다. 새하얗게 도색만 되지 않았다면 산처럼, 아니 섬처럼 보였을 것이리라, 꽤나 크고 웅장하다. 높이 10층, 무개 5만 톤, 길이가 250미터, 2,500~2,800명의 승객을 수용할 수 있는 객실이 즐비하다. 그 안에 면세점이며 카지노며 레스토랑이며 온갖 모양새로 저마다 시설을 자랑한다. 배는 점잖이 발트해를 미끄러지듯이 나아가며 미동도 하지 않는다. 이 지형이 북해에서 쑥 들어간 대륙으로 둘러싸인 발트해여서 동해와 같은 파도도 없을 것이리라. 꽤 넓고 잘 시설된 레스토랑 실지라인 뷔페는 스칸디나비아와 국제적 스타일로 갖가지 음식을 푸짐히 차려 입맛을 돋운다. 레드와인 한 잔을 서비스 받고 앉아 먼 대양을 바라본다.

오슬로에서 덴마크로 가는 시웨이스 유람선에 4시경 승선한다. 덴마크 코펜하겐으로 가기 위해서다. 북해를 횡단하는 꾀 긴 항해다. 시웨이스 유람선은 2,500대의 차량을 운송할 수 있는 주차시설과 연평균 180여만 명의 승객을 운송하고 있는 초대형 호화 유람선이다. 선내에는 카페와 레스토랑 면세점 등 다양한 부대시설이 있다.

동행

앞서가는
친구야
늘
같이
가자지만
난
가랑이
찢어진다
우린
없이 살았어도
동방 예의 나라다
부모 형제 등진 놈이
잘 살면 얼마나 잘 살겠느냐
동맹도 좋고
협력도 좋지만
두고 온 산하가 눈에 밟힌다
끊어진 다리도 놓고
꽉 막힌 벽도 허물고
터놓고 살면 서로 좋으련만

어찌 싱가포르 협약은

헌신짝처럼 내동댕이치고

토라진 그를

말 트자 도와주겠다 헛소리 치는가

네가

저지른 실수는

네가 되살려놔야지

민주다 인권이다

정의는 부르짖으면서

네 속만 채우고 인륜은 모른 체 하는가

참으로

좋은 동행은

마음으로 힘이 되어 어깨동무하고 가는 거다

노르웨이

북서 유럽에 위치한 노르웨이는 한때 세계를 뒤흔들었던 바이킹의 나라다. 이 지방에는 4월에서 7월까지는 해가 지지 않는 백야현상이, 11월부터 1월까지는 해가 뜨지 않고 밤만 지속되는 극야의 현상이 나타난다.

신들의 정원이라 불리듯이 이처럼 아름답고 황홀한 산과 바다, 그리고 호수를 처음 본다. 바다처럼 넓고 푸른 호수가 수없이 펼쳐진다. 노르웨이는 스웨덴의 오랜 식민지였다. 근래 독립한 이래 북해에서 기름이 터져 더욱 잘살게 되었다. 바이킹 후예들이 사는 오타로 이동한다. 산정에는 아직도 빙하와 만년설이 쌓여있고 지상에는 호수와 강이 끊일 줄 모르고 이어지고, 산허리를 뚫은 터널은 줄을 잇는다.

빙하가 깎아 만들어진 U자형 골짜기에 바닷물이 들어와 형성된 좁고 기다란 만, 피오르드 지역을 통과한다. 빙하는 퇴적된 눈이 중력의 작용으로 이동하는 하천을 말하는데, 중력에 의해 경사면을 따라 빙하가 이동하며, 지표의 바닥과 측면이 깎이어나가 U자형의 골짜기가 형성되어 바닷물이 들어와 좁고 긴 협만이 생긴 것으로 약 1,700개의 빙하가 발달되어 있다고 한다.

눈 덮인 산 아래 호젓한 마을이 자리하고, 그 한가운데 조그만 호텔이 있다. 여기서 쉬며 1박하고 아침 일찍 북유럽 최대 빙하산인 요스테달 산을 관통하는 피얼란드 터널을 통과, 세계에서 크고 오래된 빙원을 자랑하는 요스테달 빙원의 한 자락인 보이야 빙하를 가까이 서 본다. 그리고 빙하의 형성과정을 한눈에 볼 수 있는 피얼란드 빙하박물관을 들러본다.

플룸과 뮈르달을 잇는 길이 20킬로미터의 플룸, 바나 간 산악열 차를 타고 억만년 쌓인 빙하의 호수가 흘러내리는 계곡을 오른다. 1,600여 미터 높이의 산 위에는 하늘 같은 청록빛 호수가 강같이 이어지고, 이따금 그 산에서는 눈사태가 천둥 치듯 내려오고, 호수가 터진 듯한 폭포가 속 시원히 쏟아져 내리고, 수로의 터널이 뚫리고, 그 아래로 계곡이 있고, 계곡 아래 호수가 있는 것이다. 실로 헤아릴 수 없는 장관이 이어진다. 수만 년 생성된 미국의 대협곡 그랜드캐니언이 다채로운 색상의 표면으로 콜로라도강과 어우러져 대서사시를 자아내고 있다면 이곳은 수억 년 응축된 대자연의 신비가 고요히 물결치다가 이번에는 온갖 조화로 분출되어 울려 퍼지는 오케스트라 협주곡이라 할 것이다.

잠시 열차에서 내려 다시 가장 길고 우람한 세계 최대 규모의 송내 피오르드(길이가 약 200킬로미터이며 그 높이가 100미터이고, 암벽의 높이는 1,000미터를 넘는)를 지나는데 계곡과 협곡 절벽이 연이어 백만 년 세월을 지탱해온 지구의 저력을 가슴에 새기게 한다. 산경을 돌아 오르는 터널을 지나 얼마쯤 달렸을까.

다시 보스를 경유하여 노르웨이 제2의 수도 베르겐으로 이동한다. 이곳은 멕시코 만류의 영향으로 기후가 따뜻하고 한자동맹에 가입한 후 2백 년 이상 서해안의 모든 무역을 지배하여오던 무역항이다.

아직도 생생한 베르겐 어시장과 한자동맹 건물이 있다. 베르겐은 사람들의 마음을 빼앗아버리는 마력의 도시다. 포근한 미소와 여유로운 삶의 향기가 물씬 묻어나는 도시로 파격의 색감, 매혹의 디자인들로 여유와 낭만으로 출렁거린다.

오슬로 상징인 시청사 왕궁 국회의사당이 모여 있는 칼 요한스 거리를 돌아본다. 칼 요한 14세는 프랑스에서 태어나 나폴레옹 휘하에서 원수 작위를 받은 사람이다. 1818년부터 44년까지 재위한 스웨덴의 걸출한 왕이었다. 노련한 외교술과 타고난 정치력으로 어려움에 처해 있던 스웨덴을 구출해낸 영민한 군주다. 칼 요한이 말을 타고 청사 앞거리에 서 있다. 영국식 건축 양식을 받아들여서인지 시청사는 단아하고 정결하며 구성진 예술 조각품이다. 벽에는 수많은 벽화가 전시되어 여행객들을 반기고 있다.

이곳은 세계 노벨평화상이 수여되는 곳이다. "미국은 붕괴한다"라고 예언한 세계평화의 아버지로 불리는 이곳 오슬로 출신 요한 갈퉁 박사의 100여 회의 전쟁 중재와 수십 편의 저서 가운데 전쟁 중재와 평화 구현의 저서 『평화적인 수단에 의한 한국통일의 험난한 길』이 생각난다. 그는 국민의 통일과 국가의 통일을 구별한다. 국민의 통일은 국경을 개방하고 협력하고 이산가족의 상봉으로 시작해야 한다고 했다.

비겔란 조각 공원을 둘러보고 세계적인 화가 뭉크의 그림을 본다. 뭉크는 불우한 가정에서 자랐으나 미술에 타고난 재능을 인정받아 인상파 작품을 대할 기회를 얻어 감명받고, 프랑스에 잠시 머문 3주간의 경험이 뭉크로 하여금 모든 감각을 기민하게 일깨워 주는 계기가 되어 1893년에 그려진 '절규'는 소리 지르면서 절규하는 뭉크 자신의 내면적인 고통을 그린 것으로 유명하다. 오스트리아에 모차르트가 있다면, 핀란드에 시벨리우스가 있고, 노르웨이에는 비겔란과 뭉크 같은 예술인이 있어, 유럽 사회를 더욱 빛나게 한다.

月白風淸晚菜爽

晩松

월백풍정

마음의 길

마음이
멀면
생각도 멀어진다
마음으로
바라보는
눈이 그립구나
사람아
세상에
쓸만한 것은
넉넉한 마음뿐이다
마음을 쓰면
빛이 생겨나고
걸출한 인물이 생겨난다
마음 하나
구성지게
마음껏 쓰고 살세나
인생은
어디까지나
마음의 길을 찾아가는 나그네가 아닌가

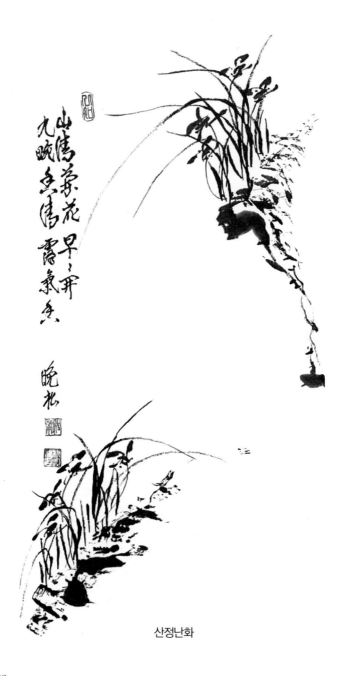

山淸谿藥花 早々開
九畹盡淸 書象寒

晚松

산정난화

128

덴마크, 스웨덴

 북해와 발트해에 둘러싸여 있는 안데르센의 도시이자 덴마크의 수
도인 코펜하겐에 도착한다.

 덴마크는 북해 연안의 유틀란트반도 및 그 동쪽 해상의 부속 도서
로 구성된 입헌군주제 국가다. 덴마크는 9세기경 독립 국가를 이루
어 13~14세기에는 북유럽 전역을 지배하는 대국이었으나, 스웨덴
이 독립해나가고, 나폴레옹 전쟁에서 패전으로 노르웨이를 잃고, 오
스트리아군에 패하여 국토의 3분의 1을 잃고, 오늘에 이르렀다. 덴
마크에는 산이 없는 낙농국가다. 그래서일까, 교통수단 대부분이 자
전거를 이용하는. 자전거 천국이다. 완벽하게 자전거길이 마련되어
있다. 면적은 4,300제곱킬로미터, 인구 약 500만 명이다. 코펜하겐
에만 130만 명이 거주하며, 남한의 반 정도의 땅이다. 1인당 국민소
득이 72,000불, 행복지수가 가장 높은 나라다. 완전한 사회복지정
책으로 빈부 차가 없다. 많이 버는 사람에게 그만큼 많은 세금을 내
게 한다. 중소기업이 많으나 평생 교육 무료, 의료무료, 국민연금을
150만 정도가 받는다. 도덕 윤리가 사회를 끌고 가는 이상적인 국가
다. 마틴 루터의 가르침인 복음주의 루터교를 믿는다. 국가 사회를
목자의 장신으로 목자가 이끈 것이다. 사회보장제가 예산의 3분의 1
을 차지한다.

 사민당 타게엘간프 수상이 일대 개혁을 단행, 모든 기업과 노조

봉급을 맞추고 조율하여 경제민주주의와 사회민주주의를 이룬 것이다. 개인의 욕심에 매몰되지 않고 상대를 배려한 의사결정의 무게가 공동의 선으로 공적인 영역으로 확대되어 공생 공영의 국가 사회의 기틀을 마련한 것이다. 여건의 비슷함으로 모든 국민이 자부심을 품고 일하여 조합의 국가라 할 만큼 여러 분야에서 협동이 이루어진다. 거짓이 없으며 특혜나 특전도 없고 그래서 빈부의 차도 크게 있지 않고 국회의원도 자전거를 타고 출퇴근하며 지방의회는 완전 무보수 봉사다. 참으로 인간적인 삶의 모습 이어서 우리가 지향하고 본받아야 할 생활 정서 참된 삶의 공간을 이곳에서 발견한다.

덴마크는 영국과 가깝고, 독일, 폴란드, 스웨덴, 노르웨이에 둘러싸여 북해와 발트해가 만나는 해협 요충지에 위치하여 달걀의 노른자위 같은 자리에서 꽃처럼 아름다운 이상이 피어나 결실하고 있었다.

스웨덴은 노르웨이와 하나의 대륙으로 이어져 북쪽 산악지역은 노르웨이고 남쪽은 스웨덴이다. 러시아와 독일의 베일에 가려서 그 빛을 발하지 못하고 있었지만, 세계에서 가장 아름다운 자연을 가지고 있으며 북구의 낙원이라 불리는 세계 최고 수준의 복지를 누리고 있다. 전 국민에 대한 의료혜택, 실업수당, 무상교육, 노후연금 등 완벽한 사회보장제도를 갖추고 있는 사회주의국가이다.

수도 스톡홀름은 넓은 수면과 운하로 북구의 베네치아로 불리며, 이 나라 정치, 문화, 상공업의 중심지다. 다이너마이트를 발명하고 이를 기업화하여 거부가 된 노벨이 인류복지에 공헌한 사람들에게

주도록 노벨재단을 설립, 1901년부터 물리학, 화학, 의학, 문학, 평화, 경제학 등의 6개 부분에 걸쳐 시상을 시행하고 있으며, 노벨평화상만은 노르웨이에서 시행하고 있다. 해마다 시상식이 거행되는 콘서트홀과 축하연을 하는 시청사를 돌아보고 노벨재단이 있는 언덕과 건물을 돌아보고, 영예로운 수상자 등의 존영들을 눈여겨보니 보람된 산교육이 아닐 수 없다.

스웨덴에서 가장 오래된 전함, 바사호가 전시된 박물관을 찾는다. 그 당시 이렇게 과학적이며 견고하게 만들어졌을 줄이야 상상도 못했다. 좋은 목재가 많이 나는 나라이고 일찍이 산업이 발달 되어 국력이 융성한 이유도 있겠지만, 세계에서 가장 강력한 전함을 가진 야망과 자부심은 가공할 만하다. 하지만 스웨덴의 야망과 자부심의 상징이었던 전함 바사호는 청동 대포들을 무수히 싣고도 옥상 옥을 만드는 바람에 1킬로미터 남짓 항해 후 풍랑을 만나 침몰하고 말았다. 뻘밭에 깊이 묻히는 바람에 오랜 세월 동안 상하지 않고 원상 그대로 인양, 세상으로 나오게 되었다. 소중한 유산은 바사 박물관으로 다시 태어났고, 역사교육의 현장이 된 것이다.

발트 해의 진주, 순결한 보석이라 불리는 에스토니아 수도 탈린이다. 유네스코가 지정한 문화의 도시다. 탈린은 한편 이곳 에스토니아 민중들을 농노로 부리던 강대국들이 만들어 놓은 지배의 상징이기도 하다. 독일, 스웨덴, 제정 러시아 등이 차례로 영토를 짓밟아 왔다. 그러나 90년 이후 비로소 독립하여 사회민주주의를 지향하고 EU에도 가입해 발전을 거듭하고 있다. 맑고 푸른 하늘에 에스토니아의 3색 기가 또렷하게 바람에 펄럭이고 있다.

가을이 간다

가을이
짙어가네
그리움을 물들이네
세월은
그침 없이
흘러만 가고
마음은
떠다니는
바람뿐이네
붉게 물들어 지는
단풍잎처럼
죽음은 삶을 일깨우네
가을을
남겨두고 떠나간 사람
세월 하나 더해 갈수록
그리움만 짙어간다
살아가는 것이 얼마나 덧없는가
절로 고개 숙인 수숫대처럼
그리움 아로새기며 외로움으로 서 있네

증선암

一切唯心造

晚松

일절유심조

草龍爭珠

丙申秋 南松

초롱쟁주

꽃같이 별같이

박형호 지음

발 행 처 · 도서출판 **청어**
발 행 인 · 이영철
영   업 · 이동호
홍   보 · 천성래
기   획 · 남기환
편   집 · 방세화
디 자 인 · 이수빈 ┃ 김영은
제작이사 · 공병한
인   쇄 · 두리터

등   록 · 1999년 5월 3일
(제321-3210000251001999000063호)

1판 1쇄 발행 · 2022년 12월 30일

주소 · 서울특별시 서초구 남부순환로 364길 8-15 동일빌딩 2층
대표전화 · 02-586-0477
팩시밀리 · 0303-0942-0478

홈페이지 · www.chungeobook.com
E-mail · ppi20@hanmail.net
ISBN · 979-11-6855-104-6(03810)